「善」と「悪」は永続する

父と息子の愛と感動の物語

堀口　進

翔雲社

はじめに

本書の主人公、安夫が正しく成長する心情を作者はしっかりと捉え、語られている戦前戦後の厳しい時代に、安夫の父は家庭における教育を熱心に行っている。早朝六時よりラジオ放送で英会話を二人の兄弟は学んでおり、将来外国へ留学の望みの扉を開いていた。ヨーロッパにおいてはナショナルアイデンティティを含む自由、平等、友愛を唱えた真の自由主義国は多く、特にフランスは大西洋の温暖な海流を受け、恵まれた自給力のある大国であり、安夫は「将来、絵画の学びはフランスで」との思いをそっと心にしまい込んでおいた。

一方、我が国は戦後少々残る軍国主義を経過し、自由、平等、家族愛を大切に思うマジョリティ（多数派）の人々は又、日常的に近隣とのふれ合いの文化を継承してきている。日本列島は細長く東西三〇〇〇キロに及ぶ国で、いずれかの地域で自然災害が発生しても、常に多くのボランティアの人達の活動によって、復興してきた国である。そして日本の四季の美は外国から入国した人達から賞賛されている。

本書のテーマ「善」と「悪」については、人間生まれながら、特に子供の頃はそれらの事を知らず、親の教えにより理解されていくものである。

しかし、「教え」も「学問」も受けずにいることで、社会での品格を乱すような悪質さが一向に減少しないのは残念であり、親や社会は子供達に良心有る基礎教育をしっかりと行う責任がある。

防犯のデジタル化が更に加速して、人々が安全で、安心できる未来がくることを願いながら楽しく歩もうではありませんか。

目次

第一章

父は我が子供達に
社会で真の良し悪しが身に付く
学びの体験をさせ
正しい人生を送る事を願っている

第一章

父は我が子供達に社会で真の良し悪しが身に付く学びの体験をさせ
正しい人生を送る事を願っている

（一）

ブルーカラーに染まる晴天の晩秋は、見渡す限り雲もなく、満天の南東方向から輝く日光が差し込んで、赤や黄のモミジやナラ、スズカケ等の大木に至るまで美の競演であり、大木には安夫の手のひら位の大きい葉をつけたツタのツルは、木の元から上方一五メートルほどにまで木にまとわり付き、左右互いに赤と黄で少々虫に喰われたのか？　変形している葉の姿は自然を物語っている。

入苑する入口まで二〇メートル程の所から苑内の様子が見受けられ、心がわくわくしている。ジツオ兄とは入口の所で午前一〇時に出合う約束をしていた。兄は約束の五分程前に一〇〇メートルほど手前から片手を上にあげながら、「久し振りだね」と笑顔を見せて挨拶をし、僕を早くも喜ばせている。安夫は電車の終点から山手線に乗り換え、予定通りに西口で下車し、五〜六分で当入口に到着し、約一〇分間ほど、当苑の様子をちらほらと眺めていた。兄はリュックを背中に、その中には本日使用するいろんな細かい物を入れている様子で、きっと奥様の作った食べ物もたくさん入っているのでしょう。期待が高まった。

兄はさっそく入苑券を若いきれいな女性より二枚買い、一枚を安夫に渡し、「君から先に入りなさいよ」と言い、背中を押してくれた。「兄さん、僕の入場料を支払いますよ」とお金を渡そうとしたら、「少々の入場料だからサービスしますよ」と言ってくれたので、「ありがとうございます」と言いながら歩き始めた。

この苑には今回で二度目であり、「多少覚えてますよ」と安夫が言うと、あの時は春、八重桜の咲いていた時で、ツツジの花も桜も少々濃い赤いピンクカラーで咲き、とても豊かに楽しく過ごした想いを心から引き出してさらっと言い、「今日は秋の様子を初めて拝見するのがとても楽しい」と安夫は兄の顔を見つめながら言った。

このすばらしい御苑の中を、定められた通路に沿い、内部の名所などしっかりと見学した。休憩タイム一時間含めおよそ四時間三〇分、今日は入口方向から左回りで歩いた。二人は仲良し兄弟であり、一〇才以上年上のジツオ兄から、父の代わりに少々厳しい教えもあったが、思いやりのある心で、わかりやすく学ぶ事を教えてくれた。

歩き始めた通路は五メートル幅で足先には砂利が敷いてあり、スニーカーがふれ合うと、ジャリジャリとした軽快な音がさわやかに聞こえて、足の動きも軽やかに進む。先日、六〇代のおじさんは、自宅周辺をやや足幅を広くして歩く事について話してくれた。散歩でなく、歩く目的のウォーキングをする事により健康増進の役割となり、医者いらずと言っていたのを思い出し、少々の間おじさんの様に歩いてみた。兄は「両手を左右に振り、胸を張り歩くと良いよ」と歩く基本形を教えてくれた。

ここで兄は「短編の御苑物語」秘話を語り始めた。この公園から神宮の森の広がりは、新宿駅西口の約二〇〇メートルの高層ビルから見渡すと、都会のほぼ中央に存在する。森は都心のオアシスであり、神秘の拡大な地であり、江戸時代から明治に渡り天皇家の御領地であり、昭和天皇の戴冠式が行われたこの御苑は、皇室が所有する庭園であり、現在、大きな温室が有り、中には南国のヤシやバナナとメロン、いちご等々の果物が温床作りの中に育っている様子が外から見える。特に、色付いたおいしそうな果実が見えていて、この苑の名物となっている。さらに奥には、当時利用されていた小型の宮殿の様な建物が見受けらる。

昭和の初期に生産された温室の果物は、きっと天皇家の方々にご提供されていたのでしょう。又この地は皇室専用のハーフゴルフ場もあり、春には広々とした緑の芝生が当御苑の名所となっている。以上が、兄の言うショート・ドラマでした。

一方、この周辺は左右に広がるシルバーイエローが美しい。その回りは紅葉の赤と黄色が全面に日光を浴び、輝かしく秋色となりキレイだ！　中央の広場右側にはニューヨークのエンパイヤーステイトビルの様な高層のビルが上空に向かって伸びている。広場のやや南の地、ここはこの苑の中央であり、ユリノキと呼ばれる四〇メートル程の大木が一本そびえ立っていて、その脇にはユリノキよりやや低くヒノキが二本と、この木々の周りには整備された中木が全体の紅葉に合わせる様に枝に紅葉を付けている模様が見え、上空の木々のグリーン色がコラボして、実に美しい色合いに映っている。そして、苑の造形美と自然美の双方を見極める事が大切であると兄は語った。

この苑で迷子になった時は、この木の周辺で待っていると発見される確率が高いと兄は言った。その大木を右側に見て二〇〇メートルほど歩くと、その先にはバラ園がある。このバラは英国の貴族名を付けたとても美しい色合いで、春、秋に咲く。バラに対して敬意を表わし「キレイだなあ」と、安夫は何度となく見つめた。

兄はバラの花については都内の名園など多くの場所を知っているが、話し始めると止まらないので、バラについて詳しく尋ねることは止めておく。

この先の通路幅六メートルの両脇には、木の間隔を四メートル程にとった二列のプラタナスの並木となっている。春は明るいグリーンの葉を付け、夏は大葉を広げ日影を作り、秋には少々紅葉し、上空の太陽光を浴びている。

このプラタナスから三メートルほどの左右には黄色いイチョウの中木があり、あの神宮外苑通りのイチョウ並木と同様に、足元に黄色の葉が足の踏み場のないほど散り始めていて、少々風が吹いてきただけで上空に舞い上がり、又地上に落ちたりして、とてもキレイだった。

話がそれますが、神宮の広場の前からのイチョウ並木は、一回見学して絵に描きます。この並木の枝は手元まで垂れ下がり、人物画に好適です。イチョウは先ほど言いました様にすばらしく、必ずまた行くという思いを込めて我に返り、プラタナス並木を通り過ぎた。左方向には小川が流れており、この川は右側の大きな池の配水となっているが、今日はここは渡らず。

大きな池の前側の盛り上がった場所へと進んでいく。ここは中央の大木の根茎まで見える場所で、春には後方にあるソメイヨシノ桜が満開の花を付け、入園者を楽しませてくれる。そしてこの桜が散り去り、およそ二週間後には全国的にも知られている、少々濃いピンク色をした八重桜がこの周辺に五〇〇本位咲き、言いようもない美しい色彩で見る者の目をウットリさせる。その美しさを安夫は一回見たが、しっかりと見入っていたので、残像を脳裏に映し出させる事ができるほどです。

楽しい名園を確認し合いながら、やや盛り上がった前方に大きな池があり、見晴らしの良い所に一辺四メートルの正方形で三色が配色された敷物があった。足元に敷物を敷くと兄はリュックを広げた。大きめのリュックの中から、奥様が入念に二人の為に用意してくれた昼食に合うデザートとしてリンゴ、カキ、メロン、バナナなどの果物と、手巻き寿司二本とジュース、お茶などを敷物の上の白い大きなハンカチの上に載せて並べて、「以上ですぞ！」と言い、にっこりと笑った。

安夫は「兄さん、おばちゃん、ありがとう」と言いながら、何回か兄の家に誘われた時の、手作りのおいしい夕食をごちそうになった事を思い出し、心の中から出て来るままに、あの時いただいた食事やお世話になりましたという思いが自然と出て来た。再び心の中で「ごちそうさま」と言っている思いがした。

たまたま手みやげに持参した京都の菓子で、ニッキの香りの八橋センベイを持参したら、「あー、なつかしい」と喜ばれて安夫はうれしかった。そして今度は安夫のリュックから、兄が良く知っているの黒海苔で巻いた大きめのおにぎりを取り出した。中味は数年前からビン詰めしている梅干しで、塩分がなじんでちょっと甘く感じ、おいしい。それとシャケが入ったものの合わせて六個と、ぬか漬けのキュウリ、茄子、大根。これは前夜漬けた一夜漬けで、半漬かり。それにアルカリイオン水、お茶など母の心のこもった食べ物で、見ただけでおいしそう。

安夫もすべて取り出し、「これですべてですよ!!」と言い、「それでは、作った人達に感謝しよう」と言うと、兄は「食べ終わってからね」と言った。前方の晴天の空を見ながら、「こんな良い日に外で食べられるのは幸せだよね!!」と口元をもぐもぐさせながら食べている。安夫も同様食べ始め、手元にあるおかずを箸の先に刺し、食べた。

兄弟って良いなあー。外での食事は多少お行儀が悪くても、話をしたり、遠慮なく食べられる。きっと母の作った昼食を父が順序良くリュックに詰めてくれたのでしょう。電車の中で漬け物の臭いが漏れない様に包んだり、水物がこぼれない様にしてあり、さすが、父の配慮も十二分でした。そして食べながら、本当に思いやりのある両親に「ありがとうございます」と小声で言うと、兄も美味しく食べた後、食事作りのプロで、向かって東方に住んでいる両親に対して「ありがとうございました」と言った。安夫も参加して再び二人揃って小声で、「おいしかったよ!! お母さん、ありがとう」を自然と言っていた。

その東方向も紅葉のきれいな光景は輝いている。そして母の作った大きなおにぎりを二人共二個ずつ食べ、残った二個は兄が家に持ち帰り、「今夜の食事としよう!!」とリュックに入れていた。

父は、ジツオ兄さんを子供の頃から兄弟の中では一番かわいがっていたので、安夫は多少ひがんでいた。兄は素直な心の持ち主で、見習う所はたくさんありました。食事をしながら、兄から楽しい事だけでなく、責任を持てる行動について話してもらった。

晴天で外気を胸いっぱいに吸い込みながら話は続いている。兄は「他人にいろいろと文句を言われても忍耐強く、我慢する努力をしなさいよ」と兄の経験の一部を話してくれた。

いろんな雑談をしながら再び座り直していた。

この場所には一・五メートルほどある木々が池の前と、座っている所に二〇〇本くらいあり、周辺はすばらしい紅葉でとても美しい。特に水面に映る情景は言葉で表現できないくらいである。

絵にしたくなる風景であり、安夫はスケッチブックに二枚目を描いている。池が逆に映る紅葉を描き、それぞれ製作しやすい様に色をメモしておいた。すばらしい紅葉に明るい太陽が当たり、キレイに映る部分は一回塗りをして残して二度塗りはせず、最後まで残す画法は小学校の図画の先生の教えを今になっても実践している。メモ書きを画面のスケッチに描いて自宅に戻って作画しやすくした。

座っている所より前面の、左右に広がる大きな池の水際の所は小木が生い茂り、その影が水に映る赤や黄の美しい色が水辺に映り、中央には大きな木が重なり合っている。前側の落葉した黒色の枝には、この鮮やかな色をした羽根を付けた二羽のカワセミが、池で楽しそうに遊んでいる小魚を狙っている様子が窺われた。カワセミの羽根の色はブルーで青天の空の色と合って、小魚の目を紛らわす色目であり、小魚もそれには注意しながら水辺に上がって来ない。カワセミは魚を捕らえられず、しばらく眺めていたが浮上しないので、あきらめた様子で飛び立ってしまった。安夫の住んでいる近くの川にもカワセミがおり、二人共知っていた。池に映る紅葉のキレイさの物語はさらに続く!!

兄弟の覗き見は終わり、休憩場所を片付けて、色んな話や目に入る景色を楽しみ、ドッコイショと腰を上げ立ち上がり、次の場所へと足を進め始めた。池の脇から二メートルほど離れた所に三メートルの砂利道があり、五〇メートル程歩くと左奥に休憩所があった。そこは横目でチラッと見ながら朝方行ったバラ園を通り過ぎ、右側に曲がると小さな橋があり、なんとなく渡った。先ほど食事をした池の反対側に三〇〇メートルほど足を進めると、左側に池に向かって前下がりの広い丘があった。毎年一〇月〜一一月には黄、紅、紫、ピンクの色の菊が咲き、丸型のザルの中に入れ込んだ何十個もの菊の花が咲き、とても一言で表現することはできない美しさである。ザル菊とも呼ばれており、春の八重桜と同様に秋の優美さを知らされた。兄は「来春の再入園を楽しみにしよう」と言った。

安夫は来年春、八重桜が満開に咲く時節に、今日の昼食と同じ様に手作りの色んな食べ物を持参して、両親と一緒に来たいと思った。昼食をおいしく食べ、美しい春のすががしい風になびかれながら、「毎日の忙しい家庭の中の仕事から開放され、日々考えていた思いを語り合えたらいいね」と二人は語り合っていた。そして「親子四人で楽しもうね」と再び二人は話した。

さらに進んで行くと、道路の両脇には再び感動の紅葉が目に留まった。自然の小菊と小花が足元に咲いているのを見る度に、足を止めて秋の小花を眺めた。小さなチョウチョが蜜を求めて花の中にもぐり込んでいる姿が時々見受けられていた。小動物も厳しい冬の準備をしているのでしょう。

午前中に食事した右側の池を見ながら、先に進んで行くと、紅葉した中木の間から木漏れ日が逆光に映え、この紅葉もキレイだと安夫は感心した。そしてさらに先に進んで行くと、右側の池の手前に台湾風の建物で、中国人に宮殿を建造させる計画で建てた柱が、池の中に入り込んで建物を水の中で支えて見晴らし台となっている。早速この建物に入り、池を眺めていると、その先には紅葉の映る日本庭園が見える。見晴らし台の手摺りから出て先へ進んで行くと、日本庭園の大きな石の手前にタイコ橋があり、紅葉の映る池の左側から右へ渡る様に造作された橋の中央で池を覗くと、およそ三〇~八〇センチほどの大魚がいた。二人で渡り始めると、橋の両側に五〜六匹の真鯉や緋鯉が水面よりパクパクと口を開けて何かを言っている様にも、又食べ物を欲しがっている様にも見えた。あまりにも大きいので少々驚いて二人は見ていたが、人慣れしているのでカワイらしいと感じ、安夫は即座に腰を落として「良し、良し」と言った。ほんの短い時間だったが魚の動き、泳ぎ方が五月の端午の節句の大空高く泳ぐ鯉のぼりを連想させた。

ちょっとした出来事だったが、これも少年時代に心に残るヒトコマなのだろう。紅葉の映る水面を見ながら橋を渡り左方向に進むと、石垣組みした日本庭園があり、「とても安らぐね」と兄は言い、石に近づき、自然石と組み合わせてあるこの石を見て、「川の上流より流れ込んだ物だね」と言った。大きな石は薄いブルー系の色をしていて、多少風化している様であった。安夫は自宅の近くに流れる小川で、平らな小さな色石を集めていたので、大きな石を見てすばらしいと思い、「いろんな石を見る事は勉強になりますよ、兄さん!!」と言った。

そしてしばらく紅葉の続く右側の細道に沿って歩いていると、赤や黄色の小木が通路の両側を埋め尽くしていた。まさにここが紅葉のメッカであり、大木の根茎より木にしっかりと貼り付いたツタには葉が幾重にも重なり、その下には野菊の小花が咲き、小さい秋を見つけたようであった。また、丸刈りにしたドウダンツツジはきらびやかな日光を木々の間から浴び、すばらしい赤色を見せてくれている。

「秋になると紅葉するのはなぜ」と先生に以前に尋ねた事があった。それは、秋になると日照時間が短くなり光合成が減少し、葉緑素がダメージを受け、落葉してしまい、植物は酸素やデンプンを排出するのだということを学んだ事を思い出した。

午後は太陽の位置がやや西寄りになり、そよ風から少し強風に変わり、紅葉した落葉は風に乗り舞い上がり、二人は近くの細長いベンチに座った。赤や黄のキレイな紅葉の葉が上空に向かう風の吹き返しにより左右に揺れ、舞い上がったモミジの赤色は特に太陽に映え、美の共演であり、こんなすばらしい光景は生涯忘れられぬ思いとなるでしょうと、兄は感動の連続していた景色を見つめて言った。

やがて太陽が下方に向かって行くと夕凪の時間に近づき、風も少しばかり落ち着き始めた。そして歩く足元に落葉は大量に舞い、足で踏む度に愛おしく感じた。

この落葉の瞬間は二度と出合う事はないでしょうとしみじみ語り、安夫もこのキレイな風景は「絵にも描けない美しさ」と、童謡話風に自然に言葉が出て来て、とてもドラマティックな思いがした。そして一〇分ほどベンチに座っていたが、今日の輝かしいいろんな出合いに感動を覚えて立ち上がり、ゆっくりと歩き始めると、下方から逆光が放つ紅葉の美を全身で受け止めて、安夫は思わず両手を合わせ絵を描く思いを込めて「またね」と心に納めた。

仲良しの兄弟は「次の紅葉は」と言い出し、来年の秋は、神宮外苑に行く事にして、イチョウ並木見学に早くも期待をかけていた。また四季の良さを選び、「楽しもうね」と言った。

二人は話をしながら出口から外に出て、今日の締めくくりとしてゆっくりと休憩をとろうと、兄は「喫茶店でコーヒーを飲もう」と言った。駅の北口方向には歌舞伎町のコマ劇場や氷を張りつめた本格的なスケート場があり、兄は最近若い人達にヒットしている歌声喫茶へと連れて行ってくれた。

安夫は仲間うちでは話題になっているので知っていたが、中学生の身分なので友達の誰一人として行った事はなく、興味はあった。今日は兄が一緒なので許されると思い、兄と一緒に入場した。心の窓を実際に開けることが実現し、少々不安な気持ちで入場すると、ギターを持ったセンスのある二人のステキな青年が、補色である赤と青の線が入ったきれいな色の組み合わせのステージ衣装で、次々と抒情歌を弾き、入場している大学生風の二五名ほどの男女がギタリストに合わせてうれしそうな顔つきで歌っている。安夫はたまたまラフな姿だったので、この場になじんでいた様で、早速他の客からマイクを渡され、「歌ってごらん」と言われたが、「もう少し後で歌いますので」と少々笑みを交え、マイクを返した。

安夫は「音痴でとても無理」と兄に言った。「そうなの？　それでは歌う前に歌の稽古をしよう」と言い、皆さんに失礼にならない様に後ろ向きになって、お腹を抑えて鼻から大きく息を吸い込んでお腹で止め、口から少量ずつ二〇秒ぐらいで吐き出した。「この練習を何回かやってみるとスムーズになり、歌で延ばす音の所が自然と出るよ！　さあ、練習を数回してから高低のブレの少ない歌を選ぶと、良い声が出ますよ」と教えてくれた。皆さんと共に合唱をし始めると、髪の長い女性がマイクを持ってきて「一緒に歌いましょうね」と言って来た。あまり上手に歌えないけど、「フォローしてくださいね」と言って、それでは『ちいさい秋みつけた』の歌を歌わせていただきます」と言い、安夫は人前で歌うのは久々だったが、兄が教えた歌い方で歌ってみると、高音は多少ぶれていたが、何とか歌い始めることができた。

するとこ皆さんから拍手をいただき、次の二番は全員で合唱し、終了後に大きな拍手をいただいた。こうして歌うことがこんなに楽しいものだったとは考えてもみなかった。約二分間で歌い終えて、コーヒーに少し砂糖を入れて飲み、帰りの準備をして、兄に初めて連れてきてもらった思い出深き歌声喫茶に別れを告げて、帰宅の途についた。安夫は興味本位で考えていただけだったが、本当に楽しい一時だった。

兄とは駅で「それぞれの思いを乗せて帰る事にしよう!!」と言って別れた。

安夫は母さんの大好きなニッキの味がする京都の八橋センベイを二袋、一袋は隣のおばちゃんに手みやげとして買った。若い女性の店員さんは「ありがとうございました」と深々と頭を下げ、商品を手提げ袋に入れて渡してくれた。

この様に店の人気を高める為に教育されているのでしょう。安夫は最近何事にも感心を持つ様になり、今日一日の出来事に思いを寄せていた。

地下から路線のホームを確認して上ったホームには電車を待っていた大勢の乗客が整列し、各乗り口の前に二列に並んでいた。前から八名までは座席に座れると別に並んだ人が言っていたので、まだ列に少々余裕のある所に並んだ。ドアが開くと同時にそれぞれの入口から人がなだれ込み、席取り合戦となった。何とか努力の甲斐あって座る事ができたが、外を眺めるのに良い席ではなかったので、近くに座っている方に思い切って「代わっていただけますか」と丁寧に頭を下げお願いしてみた。すると、簡単に「代わっても良いよ」と言って席を替えてくれた。安夫は素直に「ありがとうございます」と頭をしっかり下げ、お礼を言った。

間もなく電車は発車した。ここから外を見たかった訳は、西口に数年前から高層ビルが林立し始めている姿が見たかったからである。この地は過去、東京の水道水を確保していた淀橋浄水所を整理して、その広い跡地に近代的なビル群を造ったことは誰もが知っている。

東京で発生するであろう地震をはじめ、自然災害に対応するビルで、特に地震の際には地中の揺れと合わせて揺れる構造になっている。超現代的な建設を施し、当時、世界でも高く評価されていたと安夫は聞いていた。この高層ビルはオフィスはもちろん、大学までも入居している多目的なビルである。

安夫はビルに関して色々調べていた。ビルの高さを知る目安だが、まずわかりやすいのは、東池袋駅から徒歩八分ほどにあるサンシャイン六〇が日本一の高層ビルであった。このビルは六〇階で、高さ二四〇メートル、簡単に割り算をすると一階当たりの高さは四メートルある。一階は床下一メートル、天井〇・五メートル、オフィスの部分は二・五メートルと区別されている。床下を広くとり、電話や電気の配線等々を配置している。このビルを目安に概算するのが良いと思った。こんな事を思い出して再び電車の窓から外を見ると、先ほど見ていたビル群は後方に小さく見えている。電車は町場からやや広い平野が広がる位置に進行し、スピードを上げ、時速一五〇キロ位のスピードで走っている。

すでに電車の窓からは秋の紅葉はほとんど見られず、約四〇分で下車する駅に着く。いつの間にか居眠りをしていて、ハッと目を覚ますと、駅を通過してしまったかと気をもんでいたが、次の駅が社内放送され、まだ二駅も余裕がありホッとした。そしてハンカチで目の周りを拭き、きっちりと目を覚まして、席を替えていただいた女性に、深く会釈すると、女性は「ずっと居眠りをしていたのよ、疲れているのね」と優しく声を掛けてくれた。安夫は「大変失礼致しました」と挨拶ができたので、心も晴れやかになった。そして一〇分位で降車駅に着き、今度は軽く会釈して、降りた。今日は天気も良く、自然美にも挨拶し、親切を受けた方にもきちんと挨拶もでき、少し大人になったような一日だった。

リュックの中には少しのおみやげと、兄が両親に渡すようにとの包みが入っていた。電車を降りて早速バス停に向かった。電車が止まる時間に合わせたバスが運行されていて、ありがたかった。

一〇分位後にバスが停まり、乗客がすべて降りてから、運転手さんはバスを待っていたお客様に「お待たせの皆様、どうぞお乗り下さいませ」と言った。ピンマイクを付けているのでよく聞こえた。一番後ろの席に座り、少々待っていると「出発します」の合図でバスは発車した。

自宅に近いバス停のちょっと手前で下車の合図をして、完全停車してから立ち上がり、バスから降りた。安夫はバスの過ぎ去った後を歩き始めた。西日に照らされ、先に下車したサラリーマン風の男性の影は、身長の倍位の細身の人影となって道路に映っていてちょっと格好良く、印象深い人影だった。

家まではバス停から一〇分位歩くので大分疲れてしまった。家に着き、横引きのガラスの引き戸を両手で開け、「ただいま」と大きな元気な声で言った。そして家の中に入ると、台所から父が低音で「お帰り、あまり疲れていない様だね」と言いながら、母親の夜食作りの手伝い中で、慣れた手つきで小麦粉をこねてうどん作りをしていた。母は昼の残り物の根物野菜をおひたしに入れるのでおいしくなるよと下味を確かめながら、今夜の煮込みうどんを作っていた。専用のカンナを取り出し、野菜の半茹での葉に、「削り節をふりかけるとおいしいよ」と言った。そして大きいドンブリの上にはシラスにモズクをかけた栄養のバランスも良く、食べやすい安夫の大好物が乗っていた。

父は夜食の前に、「今日は安夫は東京に出て、色んな所を巡って来たので身体が疲れて、汗もたくさんかいたでしょうから先に風呂に入りなさいよ」と心遣いをしてくれたので、父の気持ちを素直に受け、「それではお先に」と言い先に入った。体をいつもより丁寧に洗っていると、父が安夫が入ってから五分後位に入って来た。安夫は父の背中に石鹸を十分付け、泡を出してしっかりと洗い流したので、父は喜んでくれた。

父は安夫に「先に風呂から上がりなさいよ」と言ったが、「いいえ、お父さんが先ですよ」と言った。ややゴマをすった様な感じがしたが、安夫はあまり気にせず父の後から出て、父の手が届きづらい所を含めてそっとバスタオルで拭き取ると「ありがとう。親子っていいいな」と父は言った。母は「もう少しで夕食が出来るから、安夫は明日の準備をしなさいよ」と、母も子供思いを偲ばせて言ってくれた。

安夫は明日の時間割を見ながら、カバンに教科書を入れ替えた。そして、週四回、朝三時からの高校入試の勉強や準備も同時にした。この入試問題の学びは、父以外誰にも知られない様に朝方、父の脇で静かに学習した。早朝は静かで頭に入りやすく、希望する県立高校だからこそそのやりがいがあった。

安夫は絶対に口には出さないが、入試に上位での合格を目指し、集中力と突破力を心に秘め努力に努力を重ねていた。準備を終えたあと、両親が思いをこめて料理してくれた夕食を安夫はいつもの通り「いただきます」と言い食べ始めた。とても口当たりが良く、少々早食いをすると「ゆっくり食べな」と一言あり、「つい、おいしいので。ごめんなさい」と言い、食べ終えると、父から「明日の早朝勉強もあるから、今日は早寝をしなさいよ!!」

と注意された。やっぱり疲れているのだなーと小声で言いながら、おいしかったので少々多めに食べたのか、眠くなってしまった。そしてコクリコクリと首を振り、フトンと仲良く眠ってしまった。

たぶん、目覚めの前だと思うが、次のような夢を見た。中学生になり、学年テストが何回か行われて、職員室の前の壁面に成績の順位が発表されていた。安夫はいつも一二〇人中一五番位であったが、六〇番以下の発表であり、「残念、残念」と叫んでいる様であった。当時は成績の良い生徒は県立高校に入っていた。安夫は普通高校から大学へ進学するのが学問の道であると心得ていた。常に上位に入っている生徒が得意になっている姿を夢にみて、目を覚ました。

昨日は一切話をしないで入眠してしまったので、今日は学校から帰り、御苑の話をした。久々にジツオ兄と一緒に一時を楽しみ、キレイな紅葉や、池の水辺に映えるターコイズブルーの池の水の様なカワセミが小魚を狙っていた姿を見ていた事や、カエデやツタの紅葉がやや強めの風にあおられて舞い上がり、忘れられないほどの美しさだった事や、母が心を込めて作った料理をたくさん、おいしく食べた事を伝えた。母は「いつもの通りのものだけど、良い環境の中で食べると一層おいしく感じられたのでしょうね」とサラリと言った。

父は「ジツオ君はなかなかの知識人で、子供の頃から早朝ラジオ放送で英語を学ぶ真面目なところがあり、安夫は一緒に外出して大自然で兄の教えをたくさん学べて、益々心豊かになったでしょう」と言った。

父の前での失敗は許されるが、正しい答えを学び、社会に出てからの失敗は許されないという当然の事を強調していた。そして兄はヒントを出し、即答は求めず、宿題として学習する努力を与えてくれた。兄は良く出来た時は頭をなでながら褒め、出来が悪い時は父と同様に少々厳しかった。安夫は出来が良くない時は、「どうしてこう頭が悪いのかなあ」と言うと、「それは違うよ、自ら考えるより教材から見出す事が大切なのだ」と、それぞれを学ぶ事の大切さに気付かされた。ジツオ兄は常に正義を強調し、悪人を否定する事を今の子供達に教えているのだと言っていた。

昨日の御苑の出口の手前で紅葉が吹き上がる様子を両親に話した。「ゆっくりと晩秋のすばらしい美を楽しみましたね」と、父も同感して聞いていた。こんな内容の話をしたが、御苑の〝キレイ〟は私のわずかな時間だったが、心に染み込む豊かな想いとなりとても楽しかったと言うと、父は頭を縦に振り、父の感想はと聞いたが、僕は得意になって話している事を少々反省した。

父はトックリ二本を飲み、少々赤味をおびた顔で、「家族揃っての夜食はいいね」と言いながら、「今日もおいしく食べると、だ液がたくさん出て消化吸収にとても良いね」と言った。父からは、我が子の成長に心から喜びを感じている様子が窺われた。両親は「安夫が心から喜ぶ体験ができて良かった」と言っていた。

（二）

父は、子供達の教育は自らそれぞれの個性に合わせた教えを常に考え、ヒントを与えていた。二男雄二がそれを一番良く知る子供であると父は語っている。世の中の平和が脅かされた時には、ラジオや新聞などのメディアを活用し、情報を知ろうとしていた。安夫も一部を聞き現実を少々知る事ができた。

あの痛々しい苦難のアジア太平洋戦においては、知る限りの話を交えて話してくれた。この戦争が始まる以前には日中戦争が発端となり、第二次世界大戦が始まった。この戦争に日本は勝ち、勢いづいていた。この戦いの発端が、一部の方の話では、まずは盧溝橋のたもとで、日本の兵長が兵士の点呼を取ったが一名の兵士の不足により、これは中国の仕業と即合戦が始まったと伝えられている。実は一名の兵士はトイレに行っていただけだったとの事。これが満州事変の戦いの始まり。強力な日本の進軍により日中戦争に勝利し、得意になってもいた事を我が日本国民は表面的に強調していた。その後、日本は戦争の準備を常に行っていた。

そして約三年後、米国は日本の力を知り尽くしており、我が国に対して、原油等の物資の禁輸政策を行った。この事が米国との戦争の始まりとなり、日本兵は北部のカムチャッカ半島の周辺から一九四一年一二月八日の早朝、ハワイ島真珠湾に向け航空母艦から攻撃を行った。米国は宣戦布告なしに戦争を開始したと非難した。

しかし、時差により日本は事前通告したが、聞き入れられなかった事は残念と強調し、双方の見解の違いにより戦乱となった。そして日米戦争は本格的な全面戦争となり、なんと四年間、米国によって全国の主要都市は攻撃され、その後、中小都市も破壊された。日本は本国を守る為に最大限の戦いに臨んでいた。

海洋には戦艦大和等を含めて海からの進撃を防ごうとしたが、いざ戦いになると思うように機能せず、空からの爆撃により殲滅した。そして、航空隊は相手の海軍船にめがけて片道だけの燃料で発進する特攻隊員の尊い命を失った。そして一九四五年（昭和二〇年）三月一〇日に、東京大空襲が始まった。この件は後に述べたいと思う。

安夫は一九四一年四月に生まれ、四年後のこの最終戦を知っていた。近くには首都防衛の為に大きな森や平地に飛行場を造りに、一〇才以上の学生が勤労奉仕として学びを中断し、協力した。飛行場には飛行機を納める格納庫を造り、当初はその役割を果たしていたが、ますます戦況は悪化し、本物の飛行機は大きな木の元に隠していた。又飛行場には竹木で作った模型の飛行機を並べていた。

戦争は激しくなり、海上からと上空から、戦闘機が飛行場の模型飛行機と知りながら爆撃をしていた。そして飛行場の脇にあるタクワン作りをしている大きな樽に、爆弾を投下し、大きな爆風に乗り金属の破片が飛び散り、民家の厚壁を突き破り飛び込んで来た。人々は、地上に出ている事が出来ず地下防空壕に身を隠していた。

又、真っ昼間に空襲警報が住民の大きな声で発令されると、同じくサイレンを鳴らして知らせ、学校で学んでいる生徒はただちに家に戻り、地下防空壕に駆け込む事は常であった。近くの前山の上からプロペラ機が機銃掃射を始めると、戦闘機が当初は飛行場の建物を狙い定めていたが、やがて外を歩いている人々まで狙うようになった。

そして東京大空襲の様々の状況を、二男雄二兄は教えてくれた。戦争勃発から四年を経過した年の三月二〇日の夜間に、米軍機は上空から当初は軍事施設を狙っていたが効果なしと、市街地にゼリー状のガソリンを撒き散らし発火させる焼夷弾を投下した。当初は目標を定めて爆撃を行っていたが、夜間になると無差別攻撃となり、壊滅的な被害となった。後に現場を確認すると、皇居を始めその周辺にある皇室の方々の住まいや大使館が建っている地域はそらしていた事も知られている。

焼け跡の住民は川に次々と飛び込んだが、その川はすでに焼け落ちた建物等により、本来冷たいはずの水が熱湯になっていた。大勢の住民は身につけた着物に火がつき燃え上がって、次から次へと川に身を投じたが、即死して浮かび上がり、大勢の人が命を失った。

翌日、兄達は少年兵ではない一般の市民であったが、早朝より川や建物や通路で死亡した人達の片付けを始めた。倉庫の様な厚壁車庫の中には、特車と言われる車が二台格納されていた。運転免許はなくてもハンドルを持った経験があり、運転ができるので早々に動かして、川の中や道路に倒れている死者の手と足を持ち、二人一組になって荷台に載せて、無情にもあわれな姿の人々を数個所に積み上げた。さらに多くの死亡した人々を処理する作業は言葉では表現できず、処理する作業は誠に残念の一言に尽きるのであった。「ナムアミダブツ」を何回も、声を出さず心の中で言い続けていた。

途中、水分補給をすると、飲んだと同時に涙が頬を伝い、止められなかった。兄はこんなに流した涙は一生忘れられないと語っていた。一緒に作業をしていた人達も同様に、目元を抑えても出る涙を抑え切れず、声を出して全身から出る涙といっても過言ではなく、表現出来ないとつくづく語っていた。この実体験を見届けた者は、誰もが言った。「二度と戦争は行ってはいけないのだ!!」

しかし、まだ戦争は終わっていないのが実態であった。そして兄は首都が焦土化した姿を呆然と見つめていた。このアジア太平洋戦争は、一三カ国に出兵した陸軍海軍兵士二二一万人の尊い命を失った。誠に残念でならない。

終戦後、東京復興は早々に学問の扉を開き、東京帝国大学（現東京大学）は定員に満たないので入学者を募集した。面接のみで入学して学生となった人は相当いたらしく、政治家や経済界の息子達が多く入学したようだと言われていた。

兄はあえて東大は選ばなかった。それはなぜかと言うと、父の祖先が特権階級だったからである。僧侶の系統で石碑に安政七年（一八五六年）及び文久二年（一八六二年）の年代の記録が記銘されており、今の仏教系大学と同等の教育を自ら学んだのではないか。

当時、大正大学や立正大学のいずれかを選んで、首都の安定を見定めるのが本筋と考え、あえて東大を選択しなかった。兄は自ら選んだ大学の小教院は、一九二一年設立から約三五年を迎えている。自ら学問の扉を開いたのである。伝統ある仏教学部のある学校を選んで入学し、卒業し、公立高等学校の教諭となり、少年達に少々厳しく教えを施した。

安夫は雄二兄の卒業論文を作成するため、埼玉と群馬にまたがった神流川の上流や、我が家から五キロほどの身馴川の水の流れについて調べていた。町の近くを流れている所は、大雨が降った時は幅一五〇メートルある川に水は流れるが、通常はまったくカラカラの川原になっているのを調査していて、川原に水が無い時は地下水として入って町の水道水に流用されている事を知った。兄は「実体を学ぶ事は大切な事で、何かと先輩の行う事をなんだろうと内容を見つめ、研究心を向上させる事は大切だよね」と、さすが学校の先生で、今後、雄二兄からもいろいろ教わることは大切だと思った。

雄二兄は考古学も学んでいたので、安夫も「サラリーマンになってから、トルコにあるテルと呼ばれる小高い丘に盛り上がる丸型ドームの発掘をして、新たな歴史の変容を発見したい」と言うと、雄二兄は「どうしてその様な先に、夢と希望を持っているのか」と聞かれたので、「テルだけではないが、小高い丸型の丘はフランス隊やドイツ隊にも注目されている。その他には一般人までが参加し、何回となく掘り返しているが、誰が行う発掘にも新発見が報道されており、将来の楽しみにしています」と話をすると、「それは楽しみですね」と微笑みを浮かべて安夫の肩を軽く叩き、年令が一五才以上離れているが、先輩の兄に勇気付けられ、親しみが沸き起こってきたのであった。

（三）

ここで父（両親）と兄弟達とのかかわり合いを伝えていく。

この時代は長男だけが重要で、特に重要視され宝物の様に扱い大切に育てられていた。そして少々の「悪」は見逃していた。そうする事が常だったので、長男はとても我がままに育ってしまった、と父は反省していた様だった。その様に育てられた者は親の言う正しい事も上の空で、少年時代は日本は世界に誇る軍備を持ち、国全体が平和であったと言われ、長男は何一つ仕事をせず、夜遅くまで遊んでいた。ある時は金縁の真ん丸のダテメガネを掛け、ギターを持ち、当時の流行歌などを友人数名と一緒に歌ったり、きれいに飾りを付けた馬に乗って付近を歩かせ、得意になっていた。又子供時代の端午の節句には武者人形を飾り、庭に大きな木枠を組み、大空に鯉のぼりを泳がせ、五月晴れにぴったりの姿はあっぱれであった。

しかし、こんなに大切に育てた長男であったが、青年に成長すると身勝手な行動をして、両親は常に心配していた。母の言う事は聞かないので、「父に伝えます」と言うと親子げんかになり、父と長男の喧嘩は絶えず、弟達の事を言うと特に大声で、「この家は長男一人でよい。他の弟は全員義務教育が終了したら出て行け」と父に言うようになり、口で言うより手のほうが早く、危険な物を持ち暴れ始めると、母親は大声で「止めて、止めて」と言うと、向いの西隣のおばが飛んで来るとピタッと収まるが、おばには大変迷惑を掛けていることを母は常にお詫びしていた。

隣のおばは、両親の媒酌人をしていただいていた。近所に知れる事に気を遣う母親だったので、何と母の手には危険な物を取り返した為の傷痕が数個所あり、現代であれば長男は犯罪者として逮捕された事であろう。母親は、長男への我が家での教育が甘過ぎ、学校の基礎教育のチェックもしておらず、後に大反省をしていた。しかし、長男の良いところは真面目で正直である事が取り柄であり、他は落第だね、と教育に熱心な父ははっきりわかっていたのであった。

そして問題なのは、弟達が上級学校へ進学するのは絶対に許さないという態度を一切崩さないことであった。

二男の雄二は長男を一切相手にせず、父の支援を受けず上級学校の最高学部を卒業して、教育者として活躍している。

三男ジツオも二男と同様、最高学府を卒業して中央官庁に就職し、同様に自力でお金を稼ぎ、長男には一切迷惑をかけなかった。しかし安夫の時代は社会情勢がかなり違い、親の援助なしには上級への道のりを越えられず、まず高等学校以上の学校に行けないので、当然、長男の仕事を手伝うのは当たり前で、昼間勉強なんかしている所を見られたら、ノートなどビリビリに破られてしまうので、昼間や夜でも見つかったら大変な事になるのである。

そして二才年上の兄は、長男の仕事の手伝いが中心でよく働くので、夜間高校に行くのはよろしいと言われ、アキオ兄は中学校から帰ると常に長男を手伝っていた。夜間高校を受験するのには一切文句を言わなかった。

しかし夕方、手元が暗くなるまで手伝いをし、額に大粒の汗を流し、タオルで拭き取りながら毎日学校に通っていた。本当に真面目で皆の言う事を素直に聞き、喜ばれていた。たった二才年下の安夫は、昼の高校へ行くのはとんでもないと言われていた。大変な事が再び起きないように、安夫は隠れて勉強を行うのが常であった。中学を卒業したら就職するのが当然と、言われていた。

しかし、長男は義務教育は卒業しているが勉強はほとんどせず、あいまいな言葉がたび出て来て父との会話もピタッと合わず、言い争いの原因となる事が多々あった。父は困ったものだと言っていた。父は周辺の方々と親交があった。会社では専務をしていて世間では人望があり、教育費に使える給料は多少あったので、あえて収入は教えず、決して豊かではなかったが、子供達に少々の小遣いや洋服など結構な良い物を着させてくれていて、近所の方々もその様に感じていたのではないか。

話は雄二兄に戻る。母に半年に一通、東京の大井立合町の住まいから、封書で五枚ほどの便箋に入った封書が届いていた。いつも両親を気遣った内容であった。安夫はいつも母に手紙を読んでちょうだいと言われ、読み伝えていた。兄の手紙の表現はとても良く、文章の内容は両親の健康を気遣っていた。優しく語っている所を読んでいると、母は目元を押さえるしぐさをしていた。安夫はやや感情的に読んでいましたからね!!

雄二兄は、我が子が高学年の学校を目指す学びの見本を作ったと度々言っていた。安夫は、時代は少々違っていたが、僕はそこまでの努力はできなかったと思った。安夫にも甘さがあった事は自ら認めており、申し訳ないと常に思っていた。しかし父には信頼があったのか、東京青山の父の友人に毎年年賀状の代筆をしていた。

そして父は、一年に一度は近所の皆様を自宅の八畳間の「オビ戸」（京都から取り寄せた桐で作られた引き戸）を外し、一六畳の広い食事会場を作り招待した。まず自宅の裏にある倉（椀倉）から漆塗りのお碗やお盆などの食器を並べ、盃、徳利など取り出し、溜め込んでいた一升瓶五本を持ち出し、皆様方が持ち寄ったワインやフルーツなど並べて準備をし、お手伝いさんのおかげでたちまち宴を始める準備が出来、およそ三〇名の方々が座り、宴は近所の元気な方による「カンパイ」の音頭でスタート。日頃の仕事の癒しや最近の出来事など語り合った。

少々のお酒が回ってくると、ひょっとこ踊りや歌も始まり、父は得意の会津ばんだいさんを高音で歌うのがいつもの事であった。数人の主役さん達はとても喜んで、お互いの出来事など再度語り合い、特に「悪」については皆さんで注意し合い、正しい方向にとお互い誓い合い、約四時間ほどでお開きとしていた。

この様な独特の集まりは近所を守る為に団結できるので、地方自治を含めて大事なことで、またお互いに再確認し、欠席なさった方々にも「真っ向から伝えましょう」との父の挨拶で終了していた。

長男はお酒は少ししか飲まない。ひがみかも知れないが、参加はしなかった。それよりも仕事をしている方が自分に合うと言って、ストレスを益々溜め込んでいる様に感じられた。父との人間の器の大小差を安夫は見抜いていた。長男の心は常に自分が正義者だと言い、皆はわからないのかと威張っていた。

ここで、小学校の頃の気になる話を差し挟みます。家の前方一〇〇メートル先を流れる川幅三〇メートルの川の上流には、玄米を白米にする大きな水車があり、精米機として上方から流れる水を使い、回る仕組みになっていた。これはめずらしい風景だと思い、描き始めた。すると近くを通った人から「ダメダメ、ここへは手を出したり、見せてもだめなのよ!!　ここには朝鮮系の水平社が住んでいるので、近づいてもいけないよ」と言われ、何の事かわからず、学校の先生に尋ねた。すると先生はそれについては何とも言わず、この件はおしまいにした。安夫は図書室に入り水平社に関係する本を探したが見つからなかったので、再度先生に訊いた。すると「その本は『橋のない川』ですよ」としぶしぶ教えてくれたので、再び図書室に入り、一般書の中に一冊が三〇〇ページほどで、著者「住井すゑ」作で何と八冊も並んでた。大正時代に作者は生涯をかけ、執筆した。

明治末期、奈良県の架空の集落を正義感あふれる少年村上秀昭、畑中誠太、弟の孝二は広島の小森地区に水平社を宣言し発表した。

人間は生まれながらに平等であり、差別はしてはならない。部落として扱われる事は不幸であり、部落解放して世界人類の平等を志している事が語られ、川の先に住む人達の為に橋を架ける費用を、橋を架ける事よりも心の橋をかける事が重要であると記されていた。

安夫は前編を読み、これだけの思いを込めた著書でもわずかしか書かれていないが、「朝鮮人」である事による差別が語られており、誠に残念でならない。おそらく水平社の言葉が正しく理解されるのには、時の経過を待たざるをえないのだなあと実感した。それから、ヘイトと呼ばれている、この言葉がこの先一日でも早くなくなる事を願った。

安夫は数年前にこの長編の著書を読み、心にしまい込んだときの事を思い起こしていた。

そして中学校三年の夏休みは、高校入試の追い込みに入ったが、安夫の勉強している姿を長男に見られ、いきなり「君は中学卒業で十分だ!! そして大学に行くなんてとんでもない」と、平然といつもの様に語った。安夫は大学に行かせない! これらの進学については深い意味が存在している。それは何だ!!

長男は自分の二人の息子に、有名高校や大学へ行かせる為には「自分の兄弟は不要」で、いつもそこで義務教育終了と同時にこの家から就職先に出て行けと熱心に言い、必要の無い者は当家を去れと言っていた。さらに長男は安夫に直接言った。「高校に行くなら母親に言った通り、昼食は食べるな!!」と。大人とは思えない身勝手なことを長男は本気で言うのが常であった。単純な兄の言葉であったが、母親は長男の性格をよく知っているので、これは大変だと心を傷めていた様子であった。

父にはうっかり言うと又言い争いをしてしまうので、何も言えなかったのであろう。正に人権侵害の罪に当たると言わざるをえないと思う。長男は、母親がどんな答えをしようとも聞き入れない性格であったが、安夫も当然聞き入れなかった。

その後、昼間から堂々と勉強することは上位の成績を目指してだと自分自身を納得させ、洗脳していた。雄二兄に数日前に出合った時に、目が物を言っていたのでしょう、「ガンバレ」と言っているように思えた。

そして、翌年二月上旬に試験は当校の教室で行われ、たった二日間で終了し、やがて一週間後に正門ではなく、雉ケ丘城側の入口から入って、二〇メートルの所に、版で作った横長の紙に中学校別に合格の発表がされていた。ジツオ兄はすでに東京に行っており、安夫の合格発表に我が家関係の人の姿は見られなかった。二五〇名プラス二五名が発表され、ざわついていた。

父には、テストが終了した時点で「どうだった」と聞かれて、「数学と選択科目の図工は満点だと思います」と言ったら、大きく首を縦に振り、少々安心していたのか入試の発表には父をはじめ誰も来なかった。

入学が決まると父は、お祝いに注文してあった通学に使う新品の自転車を販売先から届けさせた。そして父は久々に笑顔で、「さあ、乗ってごらん」と言ったので、サドルの高さを調節してもらった。そして乗り始めると、安夫は「少々高い」と言って止めていると、父はドライバーでねじを緩め、五センチほど下げて「どうだ、これでよろしいかな」と言い、再び自転車にまたがり、「両足が地面に着くので安全ですよ」と言いながら近所を一〇分くらい乗り回した。父に「ありがとう」と言いながら、「これから三年間大切に乗ります」と言うと、自転車に乗ると気を付けること、「まず交通ルールを守り乗るのは当たり前だが、危険な無理な運転をしない事」など諸注意を笑顔で言っている姿は久々であり、再度「ありがとうございます」と言った。しっかり勉強をして卒業し、次の大学を目指しますと言い、親子の絆を深めた。

登校日は七時三〇分に家を出て二〇分で学校に着き、決められている置き場に自転車を停めた。教室に入り第一日目の授業を受け始めるのであるが、担任の先生が学級委員三名を既に決めていた。安夫は委員に指名されていた。

雄二兄もすでに高校の先生になっていたので、この学級委員の件を伝えたら「ああ、そう、安夫はおそらく入試の成績の点数の順位が一〇番以内であったからだ」と軽く言った。安夫は「ああ、そうなんだ」と信じられない気持ちで、大したことではないと軽く聞き流した。

そして通学が始まった。母親が弁当を作ろうとしている所に長男が来て、「約束しただろう!! 昼食は食べさせないと約束したではないか」といばり、持たせてもらえなかった。安夫はびっくりして、本当に言った事を守る長男に驚き、最初は我慢ができたが、お腹が減り何とかならないかと母に言うと、少々の小遣いを持たせてくれたので、学校の東側一〇メートルほどの所にある菓子屋で菓子パンを買って食べていた。甘いパンはおいしいので、昼食が少々楽しみとなっていた。しかし食べて二時間を過ぎるとお腹が空いて仕方がなかった。体育が週四時間は時間割に入っていたが、当校は県北でサッカーの強豪校だったので体育の時間はほとんどサッカーであった。校庭の脇にポプラ並木がバランス良く日影を作り、安夫は立ち上っている根元の近くでよく休憩をしていたため、それほど疲れずお腹が減らなかったので多少救われた。

学校での昼食の件を父に言うと、再び大げんかになるのを心配して母は観念していた。そこで、母は夕食でカロリーの高い食事をいつも心掛けていて、母の子供に対する愛情が常に感じられた。安夫は両親の事をいつも有り難く思い、心に留めていた。

半年位経過すると、体力が低下していたのでしょうか、とんでもない事が起きた。月曜日の午前中の授業を受けていたら、黒板に先生が書く字が自然と見えなくなり、机と一緒に真横に倒れた。目を開けると自宅の布団の中だった。すると母親の声が聞こえてきて「安夫君、どう」と言われたが、何がなんだかわからなかった。町医者の中神先生と白衣を着けた看護婦さんが、大きな黒い皮のカバンから聴診器を顔の周りや胸元などに当て、先生は母親に「別に異常はありません、栄養失調ですね」と言い、母親に「一日に玉子を三個ほど食べると良いよ」と診察の結果を言い立ち上がったので、母親は「大変ご心配をかけましてすみません」と頭を下げ、外に出て行き、カブト虫の形をした車で帰って行くところを見送った。

安夫を布団の中から起こし、「大丈夫だからね」と優しく声をかけている母親に対してお礼を言うと、「これからが安夫のがんばり所だからね」とやや安心した顔で言った。

「とにかく長男は別人と思い、付き合いましょう」と安夫は言った。両親は「善人」であり、長男は「悪人」の様になっていた。

「成長期の今が大切なのよ!!　明日から学校の東側の菓子屋さんの近くに日本食堂があるから、そこで食べなさいね」と父にいただいたお金を渡してくれた。両親の思いを受け、学校へ出席した時はいつもいろんなメニューからカロリーの高そうな物を注文して食べ、一ヶ月後には元気を取り戻し、二年生からは大学進学組に入り、「必ず雄二兄の様に社会に出て堂々と仕事が出来る様にガンバリますね」と、逆に母に元気な声を出し励ましていました。

安夫の左の耳は声がよく聞こえない為に、時々めまいがする事を父にだけ言っておいた。父は当然このことは一切誰にも教えなかった。この病は簡単には治らず、安夫だけの悩み事で、すべての学業を終了し、社会に出てから自分で対応し、母や兄に言わない様に心得ていた。

それともう一つ、中学二年の時に父は言った。「君は図画が大好きであるが、ずばり絵画では大人になっても安心して生活はできない。中学三年までに止めなさいよ」「二男、三男の様に大学を卒業してから公務員になりなさい」と言った。父は東京の親戚の知人の何人かと付き合っているので、「紹介する」と大変ありがたい言葉に感謝していました。しかし長男にはこの様に言った事は一切なかった。父はまさに『能ある鷹は爪を隠す』であった。

安夫は高校のクラブ活動は演劇部に入り、色んな新しい行動をしていた。担当する先生は、身長が高く一・八メートル位あり細身で、男性でありながら薄化粧をしたユニークな先生だった。その先生は、来年には大講堂に全学年に集合してもらい、その前で演劇を行う事を目指し、部員の皆は真剣に学んでいた。部員の皆は基礎の本読みをまず行い、次に立ち回り、いわゆる立ち稽古をし、各人が覚えたセリフをつけ、脚本を見ず言葉を発せられるまでの稽古を何十回も行い、次は言葉遣いも役者になった様に行い、少々雰囲気が合うまでに二週間くらいかかった。そして楽屋造りや照明等を含めて、部員全員休日を利用し、浦和にある劇場見学に行った。その後、照明、衣裳、語り調子等々行い、ほぼ完成した。

全員がほぼ実演でき、しっかりとまとめられる様になり、体育館に舞台を作った。昭和三三年五月に我が高校の主催で、題名『谷のかげ』、主役のマイケルは安夫、恋人役のノラは宴江、旅の人には先生の横正の三人が舞台に上がった。フランスのハイデルベルグ地方の自然美をバックに演じる恋物語であった。ヨーロッパ風に作られた劇場は、豊かな地方の様子が全員の努力により作られ、ささやかな劇場の中の始まりの合図として音楽の先生が校歌をピアノで演奏し始め、幕が開き大きな拍手に迎えられ劇は始まった。

マイク無しの大きな声で感情を込めて演技をした。終了間際になると大勢の学生からの拍手が数分間止まず、部員全員が下ろした幕の前に並んで両手を膝に乗せ「ありがとうございました」の挨拶をした。劇のスタートから終了まで一時間三〇分ほどであった。母が父の洋服を合う様に上衣の袖やズボンの裾を仮止めしてくれ、裏の演出にも気を使ってくれたことは本当に感謝の念で一杯であった。

当日、舞台の真下にいた母と五才位の孫が大きな拍手をしていたのも演技中見えていた。母とは終了して一〇分位して会い、「安夫!! なかなか演技は良かったよ」と言われ、音を出さない拍手をしてくれた。「安夫君、少し涙が出ている」と言い、ハンカチで拭いてくれた。こんな小さな事ですが、この感動は忘れられない。後になって劇を見ていなかった父からも、一生懸命に演技したと母から聞きご苦労様の言葉をいただいた。母が父の洋服を調整してくれた事を含めて、両親に本当にありがとうございましたとの想いを込めて一心に演技しましたと、安夫は語った。

そして両親の心遣いにより体調は良くなり、高校三年生の夏休みの後半になって大学受験の勉強をしているのを長男に知られてしまった。

長男は我が子の教育を第一に考え、安夫の大学受験はいつもの様に大反対であった。そして父に対して過去に行った理不尽な行動は一向に変わらなかった。

二男雄二兄は「僕の所に来なさい」と言い、いろいろと自宅の事を教えてくれました。「国立大学受験なので費用もあまりかからず、絶対に行きなさいよ!!」と、父を始めジツオ兄も同調してくれていた。安夫はいろいろと心配してくれる皆に感謝していた。そして入試はなんなく合格して、大学まで行くのに駅まで自転車、バス、電車を利用した。北口駅前の広々とした道のケヤキ並木が緑の葉をつけ、キレイな緑の絶景は安夫の心を豊かにしていた。

およそ一年通学していたが、長男はその後に至っても益々きつくなっていた。今度は退学させる為に何回となく事件になる様な行動をエスカレートさせて行き、母親は少々ノイローゼになっていた。母親があまり動けないので、安夫は心配していた。事件になる事だけは避け、安夫を守らなくてはならないと母親はいつも思っていた様子だった。

しかし安夫は自らじっくりと考え、大学を中退する結論を出した。安夫は善良な雄二兄と謙虚な父に再び迷惑をかけない為には、大学を中退する事が解決になると決断した。母親は「残念、残念」と声を出して涙をこぼし、「安夫の決断には色んな思いがあったのでしょう」と言った。

父は長男の心情を語っていた。彼は戦争末期に召集令状（赤紙）が手元に届いた時に、尻込みし、「行きたくない」と言っていた。次の言葉は終戦まで使う事はなかった。末期の国土防衛の為。千葉の習志野の陸軍だったので、少々安心したのだが、長男は父はなぜ出兵しないのかと言い、父はひょう疽と言う指の骨が腐る病気と偽っていたのだ!! と父を罵っていた。

実は出兵しない訳があった。それは地域の名誉職をしている方々は免除されていた。この件は当時一切禁句となっていた。とにかく長男は言う事だけは一人前で、他人（特に親や弟達）の前で威張り、言論で負けそうになると危険な物を振り回すタイプで、他人の前では何も言えない人物であり、父は「情けない男」と理解していた。

そして長男出兵の前に写真屋さんに出張していただき、家の前に全員揃って写真を撮った。その写真は今日も自宅の写真ブックに入っている。

（四）

その後昭和三六年一〇月に、雄二兄は安夫に「我が家に来なさい」と呼ばれた。高崎駅前のお菓子屋さんで手みやげを求め、室田方向行きのバスに乗り、二〇分位で着いた。兄はお茶を一杯飲んでから「安夫君は大学在学中、長男がいじめをしていて卒業はさせてくれないだろうなと、次の事を僕は考えていたのだよ」と言った。昨年から就職の担当を行っており、「東京で三社からの求人があって、三社共百貨店だけど、クレジットを大々的に採り入れる会社が、将来を考えると良いと思うがどうか」と言った。安夫はどうにか大学をあきらめたが、絵画を定年後に学ぶ決心をしていた。

いずれの会社に行こうが、根性を入れ仕事に専念すれば我が思いは達成されるのだ、と心にそっとしまい込んでおこうと、自ら選択したからと考えを変えず、与えられた職業を誰よりも誠実に実行する事が、自分に与えられた運命だと思った。再度思いを入れ替えて世田谷の会社の事務所で働くことを約束した。

昭和三六年一二月一〇日に面接を行った安夫と兄雄二先生、何とジツオ兄にも参加してもらった。三人揃って人事課長の面接は始まった。ジツオ兄が卒業した学部は法学部と言ったところ、会社の課長さんも何と同じ大学で同じ学部である事がわかり、意気投合していた。

課長さんは、安夫の学歴は大学中退なので、高校卒業が最終学歴でよろしいでしょうかと安夫に確認した。「はい、その通りです」と伝えると、課長は「本日入社決定です」と即答してくれた。

一週間後に出勤する事を約束して、三人は近くにある食堂街で御祝いのカツ丼をおいしく食べてから、一休みとしようと喫茶店に入り、ゆっくりとコーヒーを飲みながら二人の兄に本日のお礼をした。社会人の第一歩として、遠路よりご足労いただいたことに感謝を込めて安夫は二件の代金を払い、このめでたい日を人生の一ページとした。

そして午後二時頃、三人共行く所があるため「さようなら、お元気で」と言い、別れ別れになって行った。しかし雄二兄は帰りに実家に寄る様な事も言っていたので、ひょっとすると再度会えるかもしれないと思いつつ、早々に自家に帰った。自宅で両親が待っていてくれ、「二人の兄にお世話になり、お陰様で本日入社が決定しました」と両親に伝え安心してもらっていると、雄二兄も帰って来た。

両親は雄二兄に「安夫から聞きました。お世話をかけたね。ありがとう」と言い、軽く一杯のお酒で「カンパイ」した。おいしそうに一口飲んでいたところで、再び兄と両親に「ありがとうございました」と挨拶をし、笑顔になった。安夫の姿を父はなんと思っているのかわからないが、安夫と同様、兄にありがとうと言っている様な素振りに感じた。安夫は「今日から大人の世界に一歩進んで入り、自力で責任ある行動を実行する心得をします」と言った。

父は「そうか、安夫の社会での活躍を期待しますよ!!」と赤いが真面目な顔付きで言ってくれたのは、まさに「善人」の様に感じた。三日後には「悪人」と思われる長男とは二度と合わないと心に決めた。長兄も両親の子供であり、申し訳ない事を言ってしまい少々反省していた。

そして母は封筒に一ヶ月間位使える少々多めのお金を入れて安夫に渡した後に、目から流れる涙は頬を伝わり口元まで流れていた。安夫は母が持っているハンカチで拭き取ると、その手を握りしめ「風邪などひかない様にね」と言い、母親に「おそらく三年位は帰ってこないかもしれません」と言うと、母親は口元を噛みしめ「手紙は必ず送ってね」と言いながら別れを惜しんでいた。

父は「安夫は会社員になるが、必ず業務成果を会社が要求した以上に出し、誰からも信頼されるまで辛抱し努力を重ねれば必ず一人前の社会人になり、自らの生活を立派に過ごせる様になることを望むよ!!」と、期待の思いを込めて言った。父の前では安夫が涙を出してしまい、軽く肩を叩かれ我に返って、両親に「永い間大変お世話になりました。心より感謝を申し上げます」と、家の前の道路からバス停まで手を振りながら何回も振り返り、しばしの別れの心を落ち着かせた。

そして三日後には会社の寮に入り、一二月一〇日より人事部の担当者と一緒に、働く場である二階の商品部婦人物を取り扱う女性部長さんに紹介され、他の社員と各担当の責任者にも紹介された。安夫は学生服を身に付けていたので、各担当者は「フレッシュな社員が加わったので良かった」と言っていた。

この会社は百貨店なので、商品配送の仕事から行うのが決まりになっているのだが、配送者の身分で商品部に所属してここでの仕入れの仕事を担当し、次はクレジットで販売して毎月の支払いを回収するシステムになっている。つまり、集金する事で、債権回収の業務を二年間、全員が行う事になっているのである。安夫は二年間仕入部の仕事を覚えた後、会社の業務である次の二年間は集金業務（債権回収）を行った。当時、全国に三〇店ほど小規模デパートを出店していたが、安夫が所属していたデパートの集金業務は二年間での回収成績が良かった。

月末支払い契約者で、行き先を大家さんに知らせずアパートから出て行く若者がいた。当時、このお客様の事を「トンズラした」と言って、大家さんはこの行き先不明の悪人をなんとかして探し求めようとしていたが、本人は大家さんに「次のアパートに住み替えてから住所を伝えるつもりでいました」と、やや言い訳がましく言っていたようであった。このように多少の集金不能な手形を残手したものもあった。

集金手形を前の担当者から受けた時に数パーセントの手形の残手があり、それ等を回収する為に早朝から夜間まで回収の努力をした。大きい金額の手形は特に注意しながら回収の努力を続けた。時にはヤクザに出合っても自ら談判し、回収に努めた。そのため、少々危険な時もあった。しかし、心を込めて請求し、正に多種多様な体験をこの二年間味わうことができた。

そして二年間、与えられた集金回収は一度たりとも赤字を出さなかった。しかも本店の近くを担当していたので、取り扱い金額は最高額であったが、努力に努力を重ね、全店舗の集金者で優秀な成績を収めることができた。成績上位の集金者は表彰状をもって発表され、大きな拍手で迎えてくれた。集金担当の責任者は、「配属先は君が決めてよい」と内緒で言ってくれた。それに対して、「希望と言うより、二年前、本社の仕入部で配送者の身分で業務を行っていた、その部署へ行かせていただけたら満足です」と言った。責任者は即断して近くにある本社ビルに案内してくれ、決定したのだった。

ここには知人が三人いた。仕入部の部長に前歴の仕事の話をしてもらい、了解を得て仕事に取りかかった。二年前より二店舗の出店に加えて、益々仕事が多くなり、ほとんど朝九時から夜九時頃まで、一二時間労働を週六日で続けるのが当たり前だった。特に年末は除夜の鐘の音を聞きながら仕事をするという、本当に大仕事の連続であったが、働く楽しさもあった。

食堂でおいしいフルーツをいただいてから外に出ると、右側のすずらん通りにはキャンドルという喫茶店があり、ホットコーヒーを飲みながら数名の仲間と一緒に一時間以上の休憩をとり、体を休め、仕事のストレスを発散する事が楽しみのひとつでもあった。

そして週一回は、メーカーさんの車で支店廻りに行った。店舗は大小色々なタイプの店があり、店長は同業店との販売合戦に勝たなければならないので、本部から来店する各担当者と対応策など含めてしっかりコミュニケーションをとり、特に要望した件は本部に帰り、地域の情勢にマッチさせる努力をしていた。

別件であるが、たまたま社長室、婦人洋品部、紳士服部に雄二兄の学校から男女合わせて四名が入社してきた。安夫は一年早い入社なので先輩としてベテラン振りを見せたが、自信を持って仕事をしている様な素振りは一切見せず同期のように振舞い、四名に期待していた。

次第に仲間が多くなり、休日には玉川線に乗り渋谷のセンター街や新宿に遊びに行き、特に原宿通りを歩いておいしい物を食べ、楽しい思いを体験し、良き思い出となった。

その後、本部から店舗の売場に出て、お客様に接することで売場を正しく確認する事ができ、積極的に小売業の姿を見られる事で、大切な店の環境作りも重要であると実感することができた。

店舗に出て三年目に人事部より連絡が入り、「君には大変だが、北海道旭川駅前の百貨店へ行ってくれないか」と出向転勤を命じられた。

安夫の結婚式では、当時、本部商品部の取締役に媒酌人をお願いした。妻はその方の秘書をしており、安夫が友人と二人で住んでいた所がその方の家に近く、仕事以外の遊びや旅行など揃って一緒に行っていた。しかし、仕事の話は一切しなかった。「釣りバカ日誌」のハマちゃんと、スー社長は仲良しだったが、会社の話をしたら釣りは止めると言い、遊びと仕事は別と割り切っていたのと同じであった。

当時お世話になった媒酌人は、湘南地区へ出店している店舗で巡回チェックを行っていた。藤沢店でも会っていたが、旭川に着任してから転勤を伝えたので、取締役の奥様から「転勤の内示があった時に連絡をしていただけたら良かったのに!!」と手紙で言われてしまった。安夫は返事の中で、「これからの仕事は全国を回る為の第一歩であり、これが自分に与えられた運命の第一歩です。奥様こそ、旦那様と共に苦労された事でしょう。今度また会えるのを楽しみにしています。いろいろお世話になりました。心遣いに感謝申し上げます。」と伝えた。

この会社は池袋に業界最大の売場面積を持つ百貨店を保有し、地方都市で三〇万の人口の地に出店し、量販店が賄っている店も一五店舗ほどあった。北海道においては、百貨店は札幌、函館、旭川にあり、北から南九州まで出店、あるいは地方の地元の百貨店と提携し、活力あるお客様最優先の営業スタイルにより新規営業を行っていた。

安夫は本社社員になりたいと前々から希望を伝えていた。一年で一階フロアの責任者となり、本社社員に命じられた。その後、東京渋谷店から転勤している各階の方々と現地の営業活動を進めて、お互いに打ち解けて話をし、北海道の四季の観光についても教えていただいた。休日を利用し、東京から転勤の時にも使った自分の車を運転し、五月上旬から九月上旬の四ヵ月は、妻と二人であちらこちらをドライブした。すばらしい自然に満ちた絶景は言葉だけで表現できず、常にカメラを持ち歩き、写真を撮った。各地では、先に進んで行くとさらにすばらしい世界が広がり、本当に心が安らぎ、仕事においても好結果が出るようになっていた。やはり仕事の時の顔は、朗らかさが大事で、そのことが部下に与える影響はいかばかりかと思い知った。

七月中旬には、道線道路の脇に赤や黄色の家が所々見え、前方二〜三キロには屋根の原色が明るい光に映え、特に道線道路は永く続き、すばらしい光景であった。道線道路は小高い丘に着くまでは直線を走り、やがて丘に着くと左右に曲がり、速度を落として両脇を見ると小花が咲いている。北国の花の名は知らないが、とてもキレイだ。まさに「大きい春見つけた」と秋と春を入れ替えて歌ってみたが、変ではなかった。自然と口元が笑ってしまうようだった。

右に進んで行くと日本で№一のグリーン色に遭遇、燦々と降り注ぐやわらかい太陽光は広い広い草原で、美幌高原と命名されており、広い高原はやわらかなグリーンに投下する太陽光の輝きで、山裾には四〜五軒の赤い屋根の家と補色がコラボして一層美の絶景が広がる。一時じっくりと見つめていると我が心まで洗われるようで、生涯に渡り忘れ得ぬ思いがしっかりと心に残った。この光景を写真に撮り、本州に帰った時はこの話で持ちきりとなった。

さらに先へ車を走らせると、やや大きな湖があった。立て札には屈斜路湖と表示され、この湖にはネッシーが住んでいるのではないかと本当に思えるような雰囲気を感じた。車の休憩場から見ると、少々黒い岩が湖面から出ていて、観光の見せ場になっていた。モダンなとんがり屋根の赤い家の中には売店があり、この周辺の名物が並んでいた。少し休憩し、食事と、デザートとして瑞々しい名産のメロン、フローズンヨーグルトなどたくさん戴いた。大家さんへのおみやげにメロンを買い、店の若い女性にカメラで妻との写真を撮ってもらった。

そこから一〇分ほどで、果たして見えるかどうか、歌にも歌われている流れ込む川も流れ出る所もない霧の摩周湖。世界一級の透明度で「摩周ブルー」と言われる青い湖面は実に美しく、この神秘の湖をしばらくの間見渡していた。この摩周湖は三回観に行ったが、すべて晴天に恵まれた。こんな事は滅多にないと地元の人達も「晴れるのはせいぜい三回に一回程度ですよ!!」と言っていた。観光で来る人は必ず観に行くが、地元の人々はあまり興味はない様に感じられた。その後は、すばらしい道東の平原に続くグリーンが広がる広大な美を観賞して帰路に着いた。

次の休日を利用してまた見学しようと、北側のオホーツク海に沿って観光する事を楽しみに、マンションに帰り着いたのは午後七時だった。

翌日、いつもの様に車で通勤し、いつもどおりの業務を行い、昼食を終えた。店食の休憩室で、昨日の好天のすばらしい自然美の広がる風景の中で、実に楽しい一時を過ごしたという話を東京から転勤して来た相棒に話した。一階にある喫茶店に移動し、コーヒーを飲みながら話をしたのだが、彼もまるで自分も見学したかの様に聞き入っていた。

北海道の中心は旭川から富良野であり、南西の津軽海峡の脇に函館があり、その山の上から見る夜景は周辺を照らしている。今日の旅は函館で、旭川から車で札幌を通過して行くと、見えてくる。そこで珍しい料理に出会った。それはここでしか食べられない新鮮なイカソーメン。当日水揚げされたイカを通常のソーメンと同じ位の幅に切り、ドンブリに入れ、ショウガを細長く切り、酢醤油を切ったイカの皿の中に入れ、全体につゆが回った頃にツルリと音を立てて食べるとなんとおいしいことか。二人は食べ終わって「おかわり」と言うと、「お客様ごめんなさい。今日は一五杯しかイカの材料がなく、一杯でごめんなさいね」と言われた。

それには理由があって、「このソーメンはイカが水揚げされた当日だけお客様に提供しているんです」と素直に教えてくれた。「初めての方で、最初から食べられたのは幸運で、お客様はきっと善良で普段から心がけの良い方なのでしょう」と店主はおだてでなく、やや真面目な顔をして言った。

二人はニコッと顔をほころばせながら、キレイな夕日が函館の街並みを照らし、左方向の海へ沈んで行く太陽の光はやや赤色掛かった色に変化し、海面上から顔を隠す様に海面の夕凪の静けさの中に沈んでいった。

春先の夕闇は冬場と比べきれいな光景だった。そして少々手間取ったが札幌に戻り、時計台の脇にある宿に入った。時計台は歌にも歌われている有名な建物で、今ではビルの谷間に存立しており、明朝改めて見直そうと言い、やや明るい照明に照らされている姿もすばらしいねと言いながら、その日の旅程を終了した。

翌日は少々早起きし時計台を見学した。駅北方向には北海道大学があり、大木が左右に立ち並ぶ通路を朝のウォーキングとして闊歩した。約一時間後には宿に置いてある自家用車で出発しようとしたが、札幌の繁華街を眺めておこうと四〇分程歩いた。この地は地下街が中心で、冬場は雪が多いので行動しやすい様に造られている。又道路は整備され、京都、名古屋、仙台、旭川と同様に碁盤の目の様に造成されており、見事に街並みが同化されている。

朝食はバイキング料理で、名産のメロンや牛乳を多めにいただき、お腹がいっぱいになり、満足して車を走らせた。広い大通り公園では、毎年二月初旬に雪祭りが行われる。その年話題になった人物や動物の雪像が作られ、来園される方に喜ばれている。そんな思いを頭の中で再現しながら、二人はニセコに向かった。

ニセコ国立公園は冬場はスキー場として賑やかな場所であり、テレビなどでよく紹介されている。その先は石狩川の河口で、雪融けの時は水量が増し、少々危険な時がある。そして日本最北の地、稚内、左には利尻島、礼文島も美しき島として輝いて見える。そしてオホーツク海の青い海を見ながら道東の歌で知られている知床に着き、小舟に乗った。断崖絶壁を眺めて島の中間の所で引き返すと、そこは根室海峡であった。

かなり時間をとってしまったので、旭川まで九〇キロメートルほどの距離を、道線道路をやや速度を上げて走り、マンションに着いたのは夜七時を回っていた。昨日から今日に描けて道北から道東の長旅であった。記念に何十枚も写真を撮り、二人が一緒に写る様に旅をしている人にお願いして、撮られたり、撮ったりして記念を作った。

襟裳岬方向を残し、北海道は一周した。夏は終わろうとし、九月下旬になると雪虫と言われる白い小さな小さな虫が飛び始める。

一〇月に入ると初雪が降る季節で、各自冬の備えの準備を始める為に大家さんの自宅を訪問して、色々と冬場の過ごし方を教えていただいた。マンションでの冬場の過ごし方として、暖房の仕方から教えていただいた。一二月中でも氷点下二五℃以下の時もあり、厳しい寒さは四月下旬まで続き、地元の教えは大事である。旭川より本部の要請に従い、四年半で北海道の地をしっかり見直し、自分自身を信じて仕事を中心にすばらしい大自然を満喫し、旭川での思いは深く心に刻み込まれた。本部に帰ると早速バイヤーの仕事を行った。

二年後、第一の故郷で北陸の地、石川県に出店している量販店を、百貨店に替える為に転勤を命じられた。大変な仕事であるが、「頼みます」と言われ、安夫は再び転勤した。北陸では富山市、福井市にすでに百貨店として共通の店名をかかげて営業をしていた。

安夫は両店の店長やいろんな地域の自治体と何回も交渉を行い、四年後には百貨店に替える事が出来るようひとまず目的の仕事を終了した。そして六年後には本部に帰った。

本部に帰る前の約三年間は休日を利用して北陸地方を周り、文化財や自然美を夫婦で見学した。

まず石川県では金沢から始めた。金沢には金沢城があり、前田家の歴史を始め多くの話題が山積みで、北陸の地方を治めていた方々の姿が再現されて、当時の豊かな時代を物語っていた。

駅の近くには近江町市場が広大な面積に渡り展開され、日本海の新鮮な海産物が大量に出荷されていた。安夫夫妻は中に入れてもらい、ここで働く方々が利用している食堂に案内され、その日早朝に網上げされたばかりの新鮮な魚の寿司を出す店のカウンターに座った。そして、店主が提供してくれる本当に美味しい寿司を大サービスして頂き、久々においしい昼食を食べた。次に能登半島国定公園に向かい、千里ヶ浜の水面から三〇メートル程のところに作られた海峡道路を走り、輪島を通過し、禄剛崎の灯台から佐渡島を遠望した。美しき日本海のやや大きな波の白い水しぶきを臨み、半島を一周して神通川を渡り富山に着いた。ここで一泊し、翌日は飛騨高山の文化遺産に触れることにして休息した。

翌早朝六時より神通川のほとりに沿って走り、約一時間後に太陽を前方から受け、登ること数回、下り右側に目的地である白川郷の茅葺き屋根の集落が目の前に広がっているのが前方に見えてきた。平坦地に建ち並ぶ合掌造りの三階建ての大きな屋根が一階の屋根近くまで下っており、その家屋は家全体を包む様な造りとなっている。さっそく資料館に入り、この地方の山間の裾から広がる台地の様子から学び始めた。この地は、絹織物を作るための蚕に与える桑畑を個々の人達に任せており、養蚕は年間に五回、まず五月より春蚕、夏蚕、初秋蚕、晩秋蚕、晩々秋蚕と行われていた。養蚕の為に、一階の入口から入った土間の中央には、天上から下った先に鉄製の茶釜が付いており、この下で薪から焚き出る煙は一階から三階に回り、夏場を除き部屋を暖めることができる。土間は広く、ここで火を燃やし、照明の役割もしており、家族はこの廻りで食事や語らいをしていた。当時の人々のアイデンティティーがしっかりと見定められ、一七〇〇年代から一八〇〇年頃の明治後期の項まで養蚕を中心としていた生活の様子が偲ばれた。

この茅葺き屋根建物の集落は現代に至るまで保存され、世界文化遺産としての栄光が与えられており、正に見応えがあった。安夫は両手を合わせて有難うと言い、この地を後にした。

連休だったので休まず車を走らせ、次は福井県の見所で№一の東尋坊の海を目指した。白山連峰の中腹から続くスーパー林道に沿って岐阜県を通過し福井県に入り、メガネの産地である鯖江の店舗を横目で見ながら若狭湾国定公園を車の中から見て、名高い東尋坊に着いた。海岸に入る前に立札があり、「一人の入坊は禁止」との赤字の表示に驚いた。なぜなのかと思いながら前方を見ると「断崖絶壁」とあり、自殺者に気配りしているのだと理解できた。

安夫はそろりそろりと石畳の上を踏み込んだ。目の前の断岩絶壁からおよそ八〇メートルはあろうかと思われる岩石がそそり立っている姿は見事で、海面に接している岩に当たり、ブルーの海水はキレイな白色の水飛沫となり圧巻であった。安夫はこの驚きとすばらしさを心にしまい込んでおきますよと小声で言った。

そして翌日は前日の疲れも残っておらず、出勤した。気分もすっきりし、朝一〇時に店の開店する入口に立つと、開店前の正面入口にはお客様が二〇名ほど二列に並び待っていた。ガラスの大扉を開け「いらっしゃいませ」と右手で案内し、左手は膝の所に置きお客様をお迎えするのが第一の仕事で、これが小売業の原点である。そして、それぞれの季節に合わせたメロディを流し、楽しくお買い物できるよう努める。細かい事ではあるが、これ等を始め地道に行う事が大切なのである。

そして地元の方々と融和する為に、安夫は日本で名高い某製作所のエンジニアの方々に、我々小売業の行っている事業などを説明した。講習会を行うことで、お互いの事業の共通点を発掘した。たまたま安夫は講師となり、色々な事を話した。機械作業の社員は優秀な方々で、話す内容をとても真剣に聞き、質問タイムには、講師安夫はなんの事もなく即答した。この件一つをとっても、他業界でお互いにわからない部分を知り合う事の重要性を感じた。

又、北陸地方の百貨店で販売する地場産業はほとんど無く、商品の仕入れは名古屋、京都、大阪へ行き、自店で販売に適する商品仕入れを行い、一ヶ月に二度ほどは出張していた。大変な苦心をしたのは大阪であった。まず標準語で語っても東京弁と言われ、語る言葉から始まり、いろんな現地での気苦労もあった。そして少々の事は乗り越え、業務をしっかりと行い、休日には楽しい旅をし、北陸地方での楽しい思いをしっかりと心に収めて、六年間の北陸地方での業務を終了し、本部五二階の商品部に帰った。

北海道を始め、北陸地方や大阪、京都、奈良、名古屋などでの事業の違いや共通性等々について学び、会社の方針を素直に受け入れられる体質を育成出来た貴重な経験であり、これを難なく受け止めて良き方向に考えたのであった。

そして本部では次の業務に切り換えを命じられた。それは、現在進行中の新たな専門店作りに携わる作業チームに入って、業務を遂行する仕事であった。

まずは津田沼で営業中のパルコの五階に自営の専門店を展開することになった。専門店作りを業者と打合せ、二〇坪前後の面積の施工から仕上げまでの見積もりを、それぞれの投資回収に必要な売上の見込める業種を考え、まず手始めに靴下屋を一店目のサンプルとしてオープンさせようと考察した。

（五）

安夫の二才年上のアキオ兄は、あの身勝手な長男に好かれていた。入試の勉強はせず、定時制高校に入り、朝から夕方まで手伝いを行い、汗を拭きながら夜間高校に通学していた。長男はアキオ君を褒め称えていた。

しかしこんな事は続くはずはなかった。アキオ兄はいつの間にか身体は痩せ、言葉遣いがもつれ、まともな会話も出来ない状態になり、病院に隔離されてしまった。長男はこんな状況を知り多少反省していた。やがて五年が経過しようとしていた時に、安夫は自宅に帰った時にアキオ兄に会っておこうと思い病院に行き、先生にお会いしたいと頼んだ。するど「会うのは三〇分だけですよ」と言われ、妻と一緒にイスに座り待っていた。安夫は扉を開けて出て来たアキオ兄の顔を見た瞬間大粒の涙が流れ出て、膝元にこぼれても、その涙は止むことはなく、ただ涙にむせぶ三〇分間で、何一つ言葉にならない状態であった。めったに涙を流した事のない安夫は、今日までにこれほど流す涙はなかったと思った。

父は数年前から施設に入居しているという事は聞いていたが、会っても何一つ話す事もできず、言葉すら発せられず、目から出る涙は嵐の様でした。その時にわかった事は、元気で笑顔での出合いが大切であるということ。

「アキオ兄、せめて元気に、自分を大切にして長生きしてね。心から願っていますよ!!」

と言いながら脇にいた妻と涙を流し、目頭を押さえながら病院を去りました。

（十八）

安夫より二才年下の弟は長男と同様、大切に育て上げられていたが、少々変わった人格の持ち主であった。長男で失敗の体験があり、少々のわがままは見逃していたが、学ぶ事をしない子供であり、特に父が心を悩ませ心配していた。自宅での宿題を始め一切勉強はしなかった。

長男も同様に育てたが、成長すると正直で真面目な大人に成長した実績があったので、この思いが父にあり、当然我が子なので共通するものであると信じて育てていた様であった。

この弟は子供の頃から遊ぶのには長けたところがあり、遊びを先頭で行い、ガキ大将と呼ばれていた。特にメンコやコマ回しを行うとほとんど勝ち、遊びで他の子供からお金も持ってこさせて、財布にお金を貯め込んいた。近所の子供の親から「あの子どこの子？」と後ろ指をさされる前に、父はその子供達に返金していた。

そこでジツオ兄は頭脳の研究者に聞いたところ、欲ばりと大嘘つき、ごまかしをするタイプの人は脳が疲れている。極論すれば、脳の弱い人間であるらしいとジツオ兄は言っていた。

父は小学校の先生に父兄会の時などにご指導をお願いしていた。学校での教育は先生、家庭内教育は両親であると。自宅で教科書やノートを広げ、宿題をした事は一切なく、自らの希望で高校、大学に進まないと決めていて、父はなかばあきらめていた。せめて義務教育だけは無事終わらせる事を願っていたのが本心であった。

中学を卒業し、父は東京の知人にお願いして就職させたが、永く続いた様子もなく、一時どこへ行ったのか不明の時もあり、両親を心配させる子供に育てた責任を深く反省していた。数年経過して安夫の所に「大学を受験して合格した」との連絡があり、ああ良かった、おめでとうの挨拶をしたと同時に、実は入学金が不足しており、一〇万円貸してもらえるかと言われた。安夫は当然そんな大金の持ち合わせはなく、勤務先の職場預金は毎月二千円で給料天引き、当時の給料は手取り八千円位であり、それは使わないと決めていた。そこで二年先輩の友人に話を持ちかけたところ、ＯＫしてくれ、二人から五万円ずつお借りして、「五年後には返却致します」と記した借用書を二人に渡し、ジツオ兄から聞いた南千住のアパートに早朝七時に持参した。現金を確認して必ず一〇年後に返済すると約束させ、渡したが、借用書は書いてくれなかった。現金を手渡しした事をジツオ兄に伝えたところ、兄は「ダメダメ‼　とんでもない事‼」と言い、次の様な真実を教えてもらった。

実は九段の定時制高校不合格で入学もしていない弟が、大学に入学できるはずもなく、まったくの嘘である事を知らされた。しかし、そんな事も知らず貸してしまった安夫の、愕然とした姿を兄は見て同情してくれ、少しずつ心が安らいでいった。そして心に受けた大きなショックはいくらか解消された。

その後、時の経過は早いもので、五年が経過し、二人の先輩に少々の利息を付け返却したところ、利息はいらないと受け取ってもらえなったので、二人に一枚ずつ白とブルーの縦縞柄のジャンパーを色違いで差しあげると大喜びで受け取ってくれた。試着すると二人共寸法はピッタリだった。その後三人で遊びに行く時には、ジャンパーを着てくれた。その彼等とは、いまだに年賀状のお付き合いを続けている。

当時の社会経済は厳しい時代で、安夫は与えられた業務をこなし、長時間労働に耐え、全身全霊を込めて働く事により将来良い結果が出ると、自分自身を信じ努力を続けた。

ジツオ兄は弟について真実を語り始めた。まず話す内容が実情と合わない事が多々ありビックリした。「ごめんね、こんな事を言って」と前置きしてから、事態を話し始めた。まず一つ目は他人を呼ぶ時に、相手がどんな方でも敬語はなし、第二は相手の話す言葉をしっかりと聞かず「わかりました」と、自分勝手な話をして会話にはならない事が何回もあること。嘘やごまかしなど、聞いている人達にわかってしまう事が自分自身で気が付かない事、又他人にお世話になっても自らお礼や心を込めた言葉も一切なく。そして病気でもないのに一流の病院などへ紹介してもらい、それぞれの長距離の往復の交通費や、お願いした方への食事代等々を一切支払う事はせず、何とも思っていない事。弟を大切に見守っているジツオ兄は弟の実情の一例を語った。

弟は大人に成長した今も少しの反省もない。なぜ高校に入学してもないのに大学卒業なのか？　そんな事は世間では通用しない。言葉遣いに十分注意して相手の言う事を正しく聞き入れ、理解しながら会話をする事を願いたい。

およそ一〇年の時が過ぎ、安夫は弟にお金の返済を要求した。ところが兄の言う様にとぼけ「お金を借りた覚えはない」と平然として言った。この思いもよらなかった言葉を使った時、本人の顔をじっくりと見つめた。「借りた金の件はおしまい」と言うと同時に、両手を頭に乗せ首を横に大きく振った。安夫は、まさかこんな嘘偽りを言い続けてノー天気な対応を取られるとは思っていなかったので、呆然となってしまった。

安夫は返済要求を以前、書面で二度行っており、その請求書の控えは現在も保管してある。数年前からあえて返済を求めておらず、ただ、貸した事実を伝えただけだった。

現在の弟は話をする時に不適当な敬語を使う事があり、一般人が使う言葉とちょっと違う意味のものがあるのにも気が付かず話す事が多々ある。流行の言葉を使うのは良いとしても、やはりずれがあり、それでも平然としている人物で、残念であり、他人と一緒の時はなるべく会話をしないようにしていた。

その後、川越の近くに造成中の日高住宅団地の分譲地が発売されたので、父に見分けを行ってもらい、安夫は三〇坪を買い入れた。父は、この周辺の開発はかなり近い将来値段が上がり、今が買い時だろうと言い、さらに二〇坪を加え五〇坪買い入れた。そんな様子を知ったのか、弟も近くの分譲地を買い入れていた。どこから資金が出て来たのであろうか？　貸した金を役立たせたのか？　その後、兄の紹介で防衛省の仕事をしばらくして、やっと安定した職場で真面目な業務を行っているようであった。扱うのに少々変わった人間であり、社会の真っ只中で、実務優先の仕事に専念し、父も立派な社会人になったとして称えていた様子であった。

当時、弟は六本木にある本省でしばらく活躍していた。その後、面倒見の良いジツオ兄は転職をさせ、郵便局に入り、熊谷で早朝大きな荷物などを集める仕事をしていた。

そして二年目には安夫に、「実はお願いがあるので聞いてくれますか」と連絡があった。弟からの初めての連絡で驚いた。「局員は年賀状の販売合戦を行っているので、何とか協力していただけますか」と、しっかりとした言葉遣いで話し始めた。いろいろと話を聞き、仕事の内容も聞かされ、「大変な事をしているのだね」と、安夫も同情し、全面的に協力してあげることにした。

安夫は、取引先である印刷会社の社長に話をした。印刷会社は山手線大塚駅で下車した後、都電で二駅目の向原で下車し、電車道より左側へ三〇メートル歩いた所にあり、安夫とは永い付き合いがあった。年賀葉書の販売にまとまった数が出ず苦労している弟がおり、ご協力いただけますかとお願いすると、「よろしいですよ」と即答いただき、社長は二万枚でもいいと引き受けてくれた。

日頃の付き合いがいかに大切かと感じ入った。「それでは社長、最初の年は五〇〇〇枚で、一年ごとに一万枚として頂けますか」と言うと、「おっしゃる通りにします」と簡単に承知してくれた。七年間で打ち切りにしたが、弟は三年目に販売実績№一になり、五年目には表彰され、最高賞をいただき大喜びの様子であった。

印刷会社社長はその後も大量の年賀状を送り続けていたので、弟は局で名の知れた人材となり、なんと主任の役職をいただいた。

しかし残念なのは、弟から社長に一度もお礼がなく、安夫にも同じく有難うの挨拶も無かったことだ。

安夫は毎年、弟に代わり社長に盆、正月にお礼として贈り物をしており、現在に至っても続けている。社長と安夫は年令もほぼ同じで、社会経験が豊富であり、いろんな事に対応していた。安夫も地方転勤を無事終え、こうして再会できた事は幸運であった。当時、地方での業務を会社の方針に従い行った結果、会社の上層から認められていた。

印刷会社から歩いて二〇分程のところに、当時は日本一高いサンシャイン六〇のビルが聳え建っていた。安夫は北陸の百貨店から五二階の本部ビルに戻り、自分の希望する、専門店を展開する仕事を受け持った。早速、自営専門店出店の新たな事業を仲間と共に始めた。津田沼パルコの五階のワンフロアを、衣料品中心の約二〇坪ほどの面積で、一店当たりの造作等を含めた投資額に対しての売上、利益を試算し、投資回収に関しては一部回収の良い店は五年、少々悪くても八年で利益の出る様な店作りを創作した。

安夫の会社は百貨店、量販店を展開しており、良きパートナーが脈々と営業を継続している。そして、当社の専門店で優秀な無印良品もこの時代に誕生した。当時の開発に人力を尽くした方々とは、行きつけの二階喫茶店でコーヒーを飲みながら、自営専門店についてのアドバイスも伺った。

その後にオーナーより自営専門店ショップの展開状況の再点検を行うとの要請があった。安夫は細部に渡る企画内容を再点検するのだと察し、オーナーの要請に従い企画書を作成し、とにかくあの有名人と直に会議ができると書面説明に心を躍らせていた。その後、五八階のオーナー室でいかに成功させるかの企画を直接説明するように言われた。オーナーと直接話ができる事はすばらしい事であり、安夫は企画書を細部に渡り点検し、取り扱い商品、店舗当たり投資回収利益等々を資料に盛り込み、上司の取締役とも協議してお互い納得していた。

そして、期末ではあったがオーナー室から呼び出しがあり、一一時より五八階の会議室で、持参した書類を直接オーナーに渡した。書類には一五ページの企画書と図面を付けてあった。オーナーは内容をさらりとご覧になったので、安夫ははっきりとした口調で約一〇分ほど説明していると、脇のイスに座っている上司の取締役が、安夫の説明する内容をメモし始めた。ここで大変な事が起きた。

オーナーは不機嫌な顔付きで「自分の部下が言う事をメモをとるとは何事だ!!」オーナーは立ち上がり、五八階の窓の方向に向かって企画書をまるめて「外に出て行け!!」と鋭い目つきで言った。だが、安夫には優しい目を向けていたのが印象的だった。

安夫は二人のコミュニケーション不足を大いに反省した。そして三〇分ほどとして現在進行中の専門店は別として、安夫の企画は採用されたが、上司のとった行為に関しては誠に残念でしかたがなかった。

数年後、安夫の気持ちの中ではほぼ済ませていた件について、本人でなく兄から連絡あった。安夫が弟にお金を貸していた事は一切何も言わず、ほぼあきらめていたが、雄二兄より電話がきた。本来貸した側から連絡するのが当たり前であるのに、弟が借りたお金の返済を何回となく安夫から請求され続けていると苦情を申し立てた。警察署分室より連絡があり、一体どうなっているのかとの電話があった。真実を知らず騙されたのは雄二兄で、弟の言う事を信じきっていたのでしょう。

安夫は五年前から自宅から当家に電話は一度たりとしていないと電話局で調査した記録をとった。そして安夫はお金を貸した件は終わりにしていた。その件については一切語った事はなかったのに、警察沙汰にした弟は許せない!! と安夫は弟に怒りを募らせた!! 以前のことであるが、一九六五年（昭和四〇年）二月に弟の居住している南千住のアパートに行った。大学の入学金一〇万円を鞄にいれ大切に持ち、ドアをノックして扉を開け、「早朝よりご免ください」と安夫は頭を下げて中を見ると、何と女性と淫らな行為をしているではないか……。安夫は口をつぐんだ。弟はこの行為を自分の妻に知られたくなかったのでしょう。この事実は自ら嘘でない事を認めているのであり、妻に伝えるとおそらくそんな事もあったのだとおとぼけで言えば妻は納得するから、電話や手紙が来ても安心していたのでしょう。ある時、弟から二回電話があり、その後一切連絡は途絶えている。誠に残念でならない!!　やはり少々の悪が弟に宿っているのではないかと思ってしまった。

弟は都会での生活は好まず、故郷に帰り、業務を行うのが何かと自分の素質に合う様子で、相変わらず大学卒の身分を地元の人に語っている様子だった。

このような人物が故郷の実家を本当に守っていけるのか心配でならない。我が実家は江戸時代中期（一七〇〇年代）から続き、当家の文化財である芸術品（掛軸約二〇本、陶器、古文書）がきちんと保管されるよう願っている。これらを守る後継者は立派な教育を受けた人でなくてはならない。

うららかな太陽光に輝く春爛漫の時か、秋の紅葉の時季か、いずれか良き時節に立派に成長した長男の息子さんが集合をかけて、一同が良き語りを致しましょうと、安夫は提案している。

第二章

人々が必ず持っている素質を
引き出し最大限に活用し
喜びの感動を身に付けよう

安夫は中学生時代、小・中学両用の図書室に入り、芸術系の教本を眺めながら、やや厚紙の写真に転写されたすばらしいヨーロッパ現代作家の作品集を見て常に感動を覚えていた。

芸術のメッカ、フランス、セーヌ川の両脇の畔に点在する絵画館に社会人となる前から行きたいと思っていた。現代絵画の出発点であるマネやモネ画匠の印象派作品を中心に、ル・サロン展は脈々と行われている。街のカフェに入り、日常外の雰囲気、光と影は明確に捉えられ、とても楽しいなあ!!　と思いながら外に出て、セーヌ川の畔に存立する絵画館を廻り、大絶賛しながら歩きたいと思っていた。

ドガは印象派に同調したとはいえず一線を画していて、それは自然に対する考え方は自然の中から飛び出し、それを感覚的に描くべく、忍耐強く観察し、与えられた知性の中に発酵させ、築き上げるものであると言っている。そして後に初めて実物を熱心に写生してドガは繰り返し言った。「写生であってはいけない」と。彼の持っている素質、好奇心である。

安夫は大学では、絵画を教える為の教育学部に入り、少年・少女に対しても絵画を教え、又教職について定年までの三五年間は、基本的な制作について学生達に教え続けることを志していた。おそらく五〇〇人に及ぶ生徒の中から五人は作画の素質があり、作画の名手は必ず現れるものと推測していた。そして我が大学から有名な画家を生まれる事を願っていた。

しかし残念なことに、安夫は一年で大変厳しい事情により中退を余儀なくされ、心を傷めつけられてしまったのであった。その後は、一般の社会人として活動せざるをえなかった。父は安夫の心中をよく知っていたのか、いろいろと助言して慰めてくれ、安夫は心の中で有難うございますと言っていた。

サラリーマンになっても中途半端に生きる事は絶対にダメと、安夫の根性ある性格を知って父は言っていた。そして安夫は与えられた以上に仕事ができる様になったので、休日を利用し絵を描いていた。しかし、なかなか思ったように描けなかったので、図書室で話題多きフランスの大作家ルノワール画伯の作画を見て、それぞれの作品についての説明も読み、じっくりと学び始めた。安夫は風景画を好んで作画していたが、ルノワールは人々の着る物の色や調度品に至るまで自由に身に操る肖像画、つまり人物画の名師であった。

そしてルノワール版線画を数十回行い、失敗を重ねながらも自ら脈々と基礎編を学習した。安夫は次第に絵画に対する研究心が深まり、知的好奇心を養っていった。

ルノワールは六才の頃から、線画による大勢の人々のデッサンや漫画、小説を書いており、多彩な素質の持ち主だった。安夫の選んだルノワールの代表作は「舟遊びをする人々の昼食」「テラスにて」の二選で、色の濃淡が実にすばらしい。

晩年のルノアールに師事した日本の若き黒田清輝画伯やルソーは、色については強いコントラストによって生まれる事を発見した。そして質の伝統から見えた老年の長寿の修練を経て生み出された色彩の秘密に、その骨格の強さを意識せずに感覚の良さなどが魅力付けられ、芸術の持つ喜びがそこにある。

そしてスポーツや学問の世界でも、本人の努力は当然ですが、やはりそれぞれの道で学ぶプロフェッショナルからの教えが重要であり、又他の人達より体力、気力を持ち学ぶ事により、その結果として優秀な成績が出せるのでしょう（秘密練習もしていたかも知れませんが）。その記録はあきらめず全身全霊で鍛えた、後々残る物であり、そこにはもちろん当人の持つ素質も介在している。

日本では一九一五年に安井玉堂作「小春の夕」が第一回院展に出品され、その後帝展と名称を変え、一年後に二科展設立、安井画伯を中心にそこで改めて第一科は日本画と書道科、第二科は洋画に分けられた。そしてしばらくしてから日本の画家界を設立して、現在ではおよそ二〇〇〇以上の社団法人として一年に一回、一般の人々が腕を磨き大作を出品し好評を得ている。大都市圏ですばらしい展覧会を行い、作者の腕前も向上し、世界中の画家達も出品している。

たまたま安夫は二科に所属していた。素人の作品であるが、何回か少々褒められた賞をいただいた事もあった。その後、絵画のメッカであるフランスのセーヌ川の真ん中で、まるでモザイクのごとく作画するピカソの感情のバロメーターのように、地震計の針のように激しく揺れ動く作品を描いた。

一九七九年に、再び南仏の地中海岸アンティーブへ赴き、そこで描いた作品をお手本に、安夫は京都の女流派の作品や日本の伝統的な歌舞伎役者（女流の化粧した姿）などを作画した。

そして現代では、パリのセーヌ川の畔にあるグランバレー宮殿の展示場で行われるル・

サロン展に毎年入選していた。安夫の描く京都の和装美人の姿は奥深く、研究して描かなければと、京都文化の模様をさらに伝えたいと常に心掛けていた。又、日本伝統の歌舞伎役者の作品も京都の和装姿と同様に作画している。

安夫の属している現代絵画会の会長は、ピカソの作品を深く研究し、そしてアレンジして堂々大作を発表している。又会長は、実にすばらしい作品を基礎に、日本全国の絵画スクールで教えており、かなり素質のある画家を輩出してる。

安夫は絵画教室に行った経験があったが、教える人達は皆大人で線画の基礎は十分ある方がほとんどであり、各々特長ある作品を描いている。仲間として共に楽しむ事が優先されており、それぞれの展覧会に出品する作品には筆を入れずアドバイスを先行して、色の調和、マチエールについて評論し、さらに完成度を高める教えをしっかりと行っている。

安夫のアトリエは大小大量の作品であふれているが、以前より作品の整理をきちんと行い、ル・サロン展入選作品を含めた作品展を開催している。

まだまだ自己満足するまで作画する事は止められない、しかし自ら描く作品に満足したらお終いだと心得ていた。安夫の作品は一〇〇年後にはどう評価されるのかは、全くわからない。
時代と共に移り変わるものなのか。どう変わっても父の謙虚な教えと皆様方と共に歩いて行こうという思いは変わらず持ち続けていきたい。

——いつの日か、花咲く里山の絶景のスポットに、近くも遠い故郷を想う——　少々の涙目で語っていたが、そんな表情そのものが、安夫の心情であった。

表紙は語る

この画像は著者が制作した作品です。

歌舞伎役者の男性が「女装変装化粧中」の題名で二〇二一年フランス官展ル・サロン展入選した大作を縮小し、表現致しました。

著者紹介

堀口 進（ほりぐち すすむ）

1941 年生まれ

・NPO 法人インディアンオーシャン支援機構顧問
・あじさい大学運営委員歴任
・日活映画『死ガ二人ヲワガツマデ』（主演 AKB48 藤井れいな）
　出演作品芸術に協力する
・2012 年　少年時代から憧れのフランス絵画展ル・サロン展入選
　（グランバレー宮殿展示）以降順調に入選を続ける
・ノンフィクション作家

著書

『母親の美学　厳しい時代、母と子供が過ごす愛と感動の物語』 翔雲社、2020 年

「善」と「悪」は永続する　父と息子の愛と感動の物語

2022 年 9 月 27 日　第 1 刷発行

著　者　堀口 進
発行者　池田 勝也
発行所　株式会社翔雲社
〒 252-0333　神奈川県相模原市南区東大沼 2-21-4
TEL 042-765-6463　FAX 042-765-6464
URL https://www.shounsha.co.jp/
発売元　株式会社星雲社（共同出版社・流通責任出版社）
〒 112-0005　東京都文京区水道 1-3-30
TEL 03-3868-3275　FAX 03-3868-6588
印刷・製本　株式会社丸井工文社

ISBN978-4-434-31092-8　C0093
Printed in Japan